KB098982

녹색의 나의 집

녹색의 나의 집

오노 후유미 장편소설 | 남소현 옮김

BOOK PLAZA

목차

5장 • 전야

6장 • 녹색 문

7장 • 죽은 자에게는 죽은 자의 꿈

8장 • 녹색의 나의 집

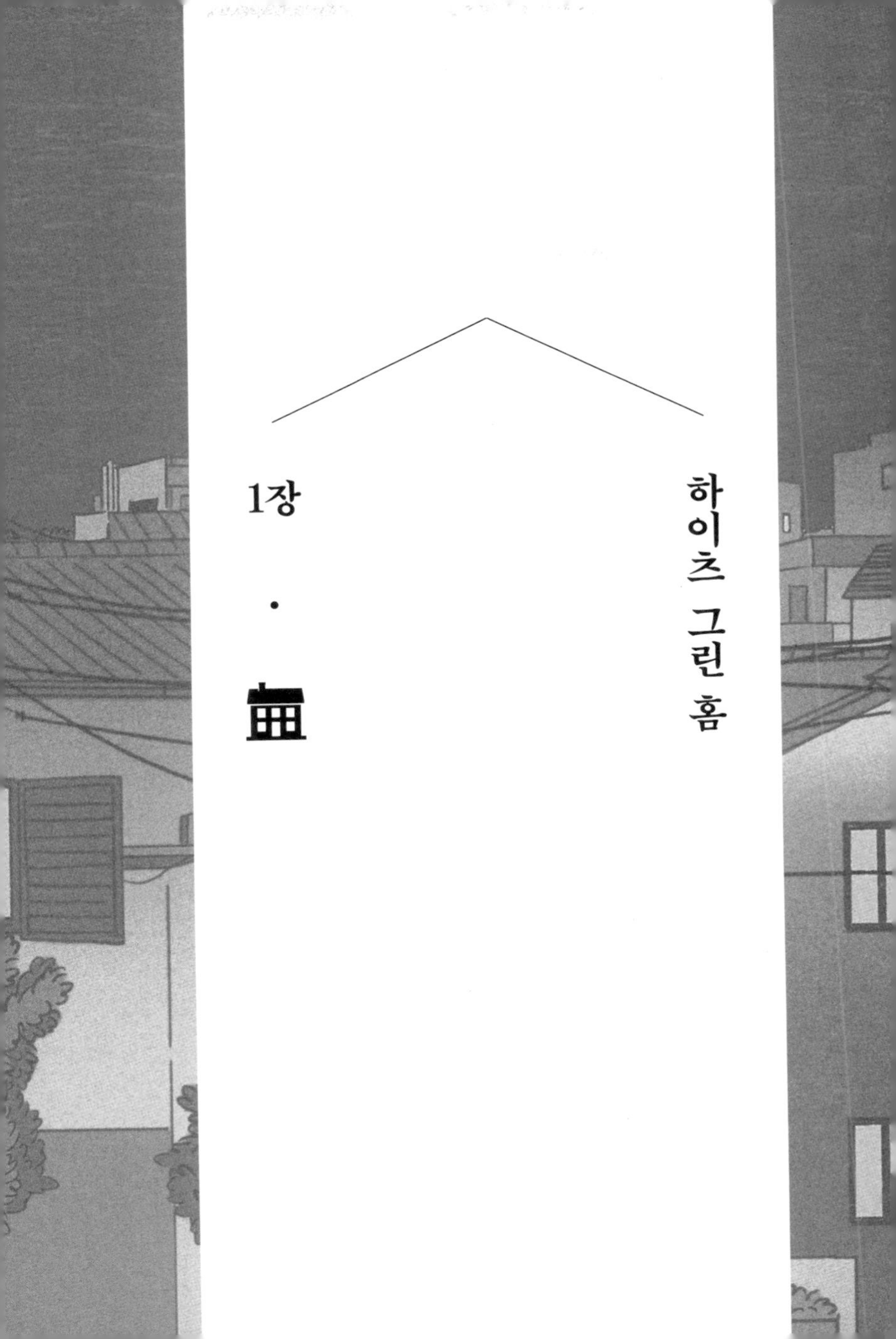

1장 · 하이츠 그린 홈

1장

•

하이츠 그린 홈

그 골목에 들어선 순간, 안 좋은 느낌이 들었다.

딱히 특별할 것 없는 상점가의 한 모퉁이였다.

한쪽 건물 1층은 편의점을 겸한 주류 판매점, 다른 쪽 건물 1층은 비디오 대여점. 그 두 건물 사이로 난 좁은 골목길.

길가에 무질서하게 세워 놓은 자동차와 오토바이가 양쪽 건물 앞에서부터 골목 입구까지 길게 늘어서 있고, 각종 입간판과 폐기물이 사이사이를 채우고 있다 보니 자칫하면 거기 골목이 있는 줄도 모르고 그냥 지나칠 뻔했다.

총 길이가 50미터 남짓 되는 막다른 골목이었다. 골목 끝에 자리한 흰색 건물 아래쪽으로 폭 1미터 정도의 녹색 문이 보였다.

길 양옆은 지저분한 건물 벽이 이어졌다. 5층 높이 건물이 좌우를 막고 있어 마치 깊은 계곡에 발을 들여놓은 듯한 기분이 들었다.

'저기인가….'

나는 손에 든 종이를 내려다보았다.

부동산에서 받은 종이에는 약도가 그려져 있었다. 일방통행인 상점가, 편의점과 비디오 대여점 사이로 난 좁은 골목 안.

— 하이츠 그린 홈.

16년 인생에서 처음으로 자취를 시작하게 될 곳이었다.

나는 골목 어귀에 선 채 직접 와 보지도 않고 이곳으로 결정해 버린 것을 조금 후회했다.

사정상 발품을 팔 여력이 없었기에 집을 알아보는 일은 부동산에 전적으로 맡겼다. 부동산도 전화번호부에서 대충 골라 연락한 곳이었기 때문에 애초에 집에 대해서는 아무 기대도 하지 않았다. 그냥 살 수만 있으면 된다는 생각이었고, 그 이상은 바라지도 않았다.

부동산에서 이 집은 어떻겠냐며 보내온 도면을 봤을 때

도 일단 도면상으로는 괜찮아 보였지만 실제로는 도면과 다를 수도 있다든지 건물 자체에는 문제가 없더라도 주변 환경이 좋지 않을 수도 있다는 점은 어느 정도 각오하고 있었다.

일단 살아 보고 도저히 안 되겠다 싶으면 그때는 직접 발품을 팔아서 다른 집을 알아보자. 그렇게 마음의 준비를 하고 왔지만 이런 경우는 예상 밖이었다.

뭐라 설명하기 어려운 어둡고 음침한 분위기.

예기치 않게 다른 세계에 발을 들여놓은 듯한 불안하고 섬뜩한 기분. 그러고 보니 「녹색의 문」이라는 단편소설도 있지 않았던가. 왠지 안 좋은 느낌이 들었다.

— 혹은 예감이.

기분 탓일 거라고 스스로를 달래며 여행 가방을 고쳐 멘 다음 다시 발걸음을 내디뎠다. 한 걸음 내디딘 순간, 또 가슴이 섬뜩했다.

'대체 왜 이렇게 어두운 거야.'

나는 속으로 투덜거렸다.

세 면이 높은 건물로 둘러싸인 좁은 골목에서 올려다보는 하늘은 마치 가느다란 균열 같아 보였다. 골목에 면한 벽들에는 창문이 하나도 없었다. 단조롭고 지저분한 콘크리트 벽이 양쪽으로 늘어서 있고, 그 끝에 빌라의 현관이 있었다. 우뚝 솟은 흰색 벽 아래 위치한 녹색 문.

빌라 건물의 다른 부분은 전혀 보이지 않았다. 3층 높이의 흰색 벽 어디에도 역시 창문은 보이지 않았다.

'그야말로 막다른 골목이네.'

단 하나의 문을 향해 난 길.

이 골목은 오로지 저 빌라만을 위해 존재하는 셈이었다. 큰길을 걷다 보면 모르고 지나칠 정도로 좁은 골목이었다. 여기 골목이 있다는 사실을 아는 사람은 빌라에 사는 주민들뿐이지 않을까 싶었다.

나는 골목 입구를 막고 있는 자전거들을 피해 안으로 들어갔다. 머리 위로 짙게 드리운 건물 그림자가 당장이라도 나를 삼켜 버릴 것만 같아서 숨이 막혔다.

문득 나는 걸음을 멈췄다.

그 자리에 멈춰 서서 두리번거리며 주위를 살핀 다음 양옆에 우뚝 솟은 낡은 콘크리트 벽을 올려다보았다.

'어디서 본 것 같은데….'

기시감이 느껴졌다.

언젠가 이런 무미건조한 벽으로 둘러싸인, 마치 동굴 속처럼 어두운 골목길을 본 적이 있는 것 같았다. 이유를 알 수 없는 긴장과 불안으로 두근거리는 가슴을 안고 조심스럽게 발걸음을 옮겼던 그때의 감각을 몸이 기억하고 있는 듯한 기분이 들었다.

발걸음을 멈추고 기억을 되짚어 보았지만 그게 언제 어디서였는지 도무지 기억이 나지 않았다.

그저 씁쓸하고 불쾌한 기분만이 남았다.

나는 빠른 걸음으로 골목을 걸어가 이윽고 막다른 곳에 위치한 녹색 문 앞에 이르렀다.

문 옆에 '하이츠 그린 홈'이라고 적힌 동판이 박혀 있었다. 바로 이곳이 앞으로 내가 살게 될 집이었지만 이대로 문을 열고 안으로 들어가도 될지 망설여졌다.

일반적으로 빌라는 입구에 문이 따로 없는 경우가 많다. 만약 있더라도 보통은 내부가 들여다보이는 유리문이다. 하지만 지금 내 눈앞에 있는 녹색 문은 시야를 완전히 차단하고 있었고, 그래서인지 외부인의 침입을 온몸으로 거부하는 것만 같았다.

문 주위를 아무리 둘러봐도 초인종은 보이지 않았다. 결국 나는 허락도 없이 남의 집에 쳐들어가는 기분으로 조심스럽게 현관문을 밀고 들어갔다.

안쪽은 지극히 평범했다.

골목의 연장선 같은 어두운 공간, 바깥세상과 동떨어진 폐쇄적인 이미지를 상상했던 나는 맥이 탁 풀렸다. 어디서나 흔히 볼 수 있는 밝고 깨끗한 공동 주택의 입구였다.

부동산에서 보내온 서류에는 지은 지 5년 된 건물이라고 적혀 있었지만 관리를 잘해서인지 새 건물 같아 보였다. 내부의 흰 벽은 조금도 빛바랜 기색 없이 새하얗게 빛나고 있었다.

문을 열고 들어간 왼쪽에는 세대별 우편함이 설치되어 있었고, 우편함 바로 위에서부터 천장까지 커다랗게 뚫린 창문 너머로 청명한 가을 하늘이 내다보였다. 출입구 정면은 관리실이었고, 오른쪽으로 뻗은 복도 바로 앞에 2층으로 이어지는 계단이 있었다.

햇살로 가득 찬 새하얀 공간. 윤이 나게 닦인 바닥에서는 먼지 한 톨 찾아볼 수 없었다. 물건이 어수선하게 널려 있지도 않았고 모든 것이 잘 정돈되어 있었다.

나는 내심 가슴을 쓸어내리며 관리실 쪽으로 다가갔다.

"실례합니다."

나는 '관리실'이라는 팻말이 놓인 작은 창문을 두드렸다.

창유리 너머로 안을 들여다보니 한 평 남짓한 좁은 사무실 안에는 아무도 없었다. 사무실 한쪽으로 유리문이 보였다. 안쪽은 살림집 같았는데 그쪽에도 관리인의 모습은 보이지 않았다.

창문 주위를 두리번거리다가 호출용 벨을 발견했다. 벨을 짧게 누르자 유리문 안쪽에서 "네" 하는 소리와 함께 인기척이 났다. 나는 들고 있던 짐을 발밑에 내려놓고 사람이 나오기를 기다렸다.

'관리인이 상주하는 건가.'

관리인이 있으면 여러모로 편할 것 같다는 생각을 하며 기다리고 있으려니 관리실 오른쪽, 복도 쪽으로 난 문이 열렸다. '1호실 노자키'라고 적힌 팻말이 걸려 있었다.

문을 열고 나타난 사람은 깐깐해 보이는 인상의 중년 남성이었다. 남자가 무뚝뚝한 표정으로 대뜸 물었다.

"아라카와 히로시 군?"

나는 남자를 향해 인사하며 대답했다.

"네, 안녕하세요. 여기 관리인이신가요?"

"그래, 난 노자키라고 한단다. 앞으로 잘 부탁한다."

노자키 씨는 무표정한 얼굴로 정수리가 반쯤 벗어진 머리를 끄덕하더니 잠깐만 기다려 달라면서 다시 방으로 들어가 버렸다. 나는 별생각 없이 방문 앞까지 따라갔다.

그리 길지 않은 복도에 두 개의 문이 나란히 나 있었다. 앞쪽이 1호실이니 뒤쪽은 2호실이겠지. 1호실 앞에 도착하자 열린 문 사이로 안이 들여다보였다.

현관을 들어서자마자 나오는 좁은 통로의 안쪽이 부엌 겸 거실인지 2인용 테이블이 놓여 있었고, 그 안쪽이 방인 듯했다. 나무로 된 미닫이문이 활짝 열려 있어서 방 안이 다 들여다보였다. 커다란 창문이 벽 하나를 다 차지하고 있고, 바닥에는 이불이 깔려 있었다.

내가 살게 될 방은 전형적인 원룸 형태인데 이 방은 달랐다. 1층만 구조가 다른 걸까, 아니면 이 방만 다른 걸까. 그런 생각을 하며 집 안을 쳐다보고 있는데 안쪽 방에서 여자가 불쑥 모습을 드러냈다.

나는 화들짝 놀라 허둥지둥 고개를 숙였다. 나이로 미루어 보아 노자키 씨의 부인인 것 같았다. 아줌마는 차가운 눈빛으로 나를 노려보더니 다시 방 안으로 들어가 버렸다. 남의 집을 함부로 들여다보지 말라는 무언의 비난처럼 느껴져서 얼굴이 화끈 달아올랐다.

노자키 씨는 내 방 열쇠를 가지러 간 듯했다. 관리실 쪽에서 유리문을 여닫는 소리가 들리더니 노자키 씨가 다시 거실로 돌아왔다. 이 집 거실이 관리실과 이어져 있는 구조였다.

노자키 씨는 열쇠를 들고 현관으로 나와 신발을 신었다.

"따라오렴. 짐은 이미 방에 들여놨으니까."

내가 보낸 짐은 어제 도착했을 터였다.

"적당히 한쪽에 쌓아 놓기만 했다."

"네, 감사합니다."

나는 살짝 고개 숙여 인사한 다음 노자키 씨를 따라 계단을 올라갔다.

"고등학생이라고 했지?"

노자키 씨가 계단을 올라가다가 문득 나를 돌아보며 물었다.

"네, 고등학교 1학년입니다."

"그 나이에 자취라니 부모님이 잘도 허락해 주셨구나."

"어쩔 수 없었거든요. 아버지 직업상 전근이 잦은 편인데 고등학생이 되어서까지 여기저기 전학을 다닐 수는 없으니까요."

"아아, 대입 준비를 해야 하니까…."

노자키 씨는 무표정한 얼굴로 고개를 끄덕이며 2층을 지나 3층으로 올라갔다.

나는 그 뒤를 따라 낮은 계단을 천천히 올라가면서 방금 한 거짓말에 대해 생각했다.

아버지 직업상 전근이 잦다는 것은 사실.

대입 준비를 생각하면 여기저기 전학을 다니기는 어렵다는 것도 사실.

하지만 그건 어디까지나 핑계에 불과하다는 건 스스로가 가장 잘 알고 있었다.

“여기 출신이니?”

노자키 씨가 앞을 보며 물었다.

“아니요. 하지만 예전에 아버지 전근 때문에 1년 정도 이 근처에 살았던 적이 있어요. 여기보다 조금 더 남쪽이었을 거예요.”

“그럼 이 동네를 전혀 모르지는 않겠구나.”

그러면서 노자키 씨는 과거에 내가 살았던 곳이 정확히 어디쯤인지, 학교는 어디를 다녔는지 등을 물었다. 나는 노자키 씨의 질문에 최대한 싹싹하게 대답하면서 내심 고개를 갸웃거렸다.

노자키 씨가 잡담을 즐기는 성격 같아 보이지는 않았기 때문이다. 건조한 말투로 질문을 툭툭 던지는 노자키 씨에게 대답을 하고 있노라면 뭔가 취조라도 당하는 것 같아서 솔직히 기분이 좋지는 않았다.

노자키 씨는 3층 복도를 천천히 걸어 들어갔다. 복도를 따라 문 세 개가 나란히 자리 잡고 있었다. 제일 안쪽 방 앞에서 멈춰 선 노자키 씨가 무표정한 얼굴로 나를 돌아보며 말했다.

"여기란다."

❖

하이츠 그린 홈, 9호실.

현관을 들어서면 왼쪽에 욕실, 오른쪽에 싱크대와 가스레인지가 있고 안쪽에 방이 있는 가장 일반적인 구조의 3.5평짜리 원룸이다. 방바닥에 미리 보낸 짐이 쌓여 있었다.

노자키 씨에게 열쇠를 받아서 문을 열고 들어간 나는 제일 먼저 베란다 쪽으로 난 창문을 열었다.

베란다로 나가 보니 아래는 좁은 마당이었다. 1층에 있는 방들에는 마당이 딸려 있는 구조인 듯했다. 마당 담벼락 너머로 나무와 수풀이 우거진 넓은 집이 보였다.

베란다는 골목 반대편을 향하고 있었다. 이쪽에는 높은 건물은 하나도 없고 낮은 주택뿐이었다. 저 멀리 아담한 언덕이 솟아 있었다. 짙은 녹음 사이로 언덕 꼭대기 부근에 지붕이 보였다.

'전망은 좋네.'

창문 밖도 빌라 앞 골목처럼 어두컴컴한 분위기였다면 견디기 힘들었을 것이다.

언덕 외에는 시선을 가로막는 것이 전혀 없었다. 언덕도 빌라에서 멀리 떨어져 있는 데다가 높이도 적당해서 그다지 신경 쓰이지 않았다. 오히려 푸릇푸릇한 풀과 나무들을 보고 있으면 마음이 차분해졌다. 언덕 좌우로도 낮은 집들이 위치해 있고, 그 너머로 완만하게 뻗은 산줄기가 희미하게 내다보였다.

'음, 경치는 마음에 들어.'

그렇게 생각하며 다시 한번 언덕 쪽으로 눈을 돌린 순간, 나는 흠칫 놀랐다. 울창한 숲속에 우뚝 솟은 빨간 기둥을 발견했기 때문이다.

자세히 들여다보니 나무들 사이로도 언뜻언뜻 빨간색이 보였다. 산을 오를 수 있도록 돌계단이 나 있고, 중간에 기둥을 세워 놓은 것 같았다.

'신사인가?'

산꼭대기에 보이는 지붕은 본전 지붕인 듯했다.

나는 참을 수 없이 불쾌한 기분이 들어서 창문을 닫았다. 왜 이런 기분이 드는지 스스로도 이해가 가지 않았다. 절도 아니고 신사인데. 기분 나쁠 이유가 없지 않은가.

내가 느끼는 불쾌함은 일종의 예감 같기도 했다. 그런 생각을 하자 나도 모르게 웃음이 나왔다. 내 예감은 맞지 않는다. 아니, 예감 따위 느끼지 못한다고 하는 편이 더 정확할 것이다.

엄마가 사고로 죽었을 때도 나는 아무것도 느끼지 못했다. 조금이라도 불길한 징조를 느꼈다면 그날 등교하기 전에 엄마 얼굴을 마지막으로 잘 보아 두었을 텐데. 나는 아무 생각 없이 평소처럼 집을 나섰다. 엄마가 숨을 거둔 그 순간에도, 평소와 똑같이 지루한 수업을 듣고 있었다.

나는 쓴웃음을 지으며 방바닥에 놓인 짐을 풀기 시작했다. 작은 단칸방이지만 이제부터 여기가 내 집이었다.

아버지는 전근이 잦았고, 게다가 매번 가족들에게는 아무 예고도 없이 갑작스레 통보했기 때문에 나는 한군데에서 오래 살아 본 적이 없었다. 어차피 잠시 머물다 갈 집이라고 생각하면 내 방을 편하고 안락하게 꾸며야겠다는 생각은 들지 않았다.

천장에서 비가 새거나 벽 사이로 바람이 새어 들어와도 신경 쓰이지 않았다. 벽에 포스터를 붙인다든지 커튼 색을 고른다든지 하는 일은 당연히 생각해 본 적도 없었다.

하지만 이번에는 달랐다. 나는 방 안을 천천히 둘러보며 어디에 무슨 가구를 놓을지 생각해 보았다.

나는 곧 그 작업에 몰두하기 시작했고, 골목과 신사에서 느낀 불쾌한 기운은 어느샌가 잊어버렸다.

❖

나는 직접 만든 이름표를 현관 문패에 끼워 넣었다.

문패에 새겨진 '9호실'이라는 글자와 내가 적은 '아라카와 히로시'라는 글자가 잘 어울리는지 확인했다.

다음으로 이번에는 명함 크기로 자른 종이에 똑같이 이름을 적어서 1층으로 가지고 내려갔다.

우편함에 달린 명판 크기에 맞춰서 종이의 남는 부분을 접은 다음 끼워 넣었다. 몇 번인가 시행착오를 거쳐 딱 맞게 넣은 후 한 발짝 뒤로 물러서서 우편함을 살펴보았다.

1층에 방 두 개, 2층과 3층에 각각 세 개씩. 1호실부터 9호실까지. 4호실은 없고, 대신 '관리인'이라고 적힌 칸이 있었다. 우편함은 상하좌우로 세 칸씩 총 아홉 칸. 그중 한 칸을 차지하고 있는 내 이름. 내가 이곳에 둥지를 틀었다는 증거였다. 나는 소소한 만족감을 느끼며 스테인레스로 된 우편함 문을 한번 열어 보았다.

당연히 비어 있을 거라고 생각한 우편함 안에 작고 동그랗고 하얀 물체가 들어 있었다.

'뭐지?'

나는 손을 집어넣어 그것을 꺼냈다.

말랑말랑한 감촉의 인형 머리였다. 합성수지로 만들어진 낡은 인형 머리. 눈, 코, 입이 다 닳아서 거의 보이지 않았다.

누가 이런 걸 넣어 놓은 걸까 생각하고 있는데 등 뒤에서 인기척이 느껴졌다.

고개를 돌리자 계단 입구에 나와 비슷한 또래로 보이는 소년이 서 있었다. 작고 마른 체구에 피부도 하얘서 어디가 아픈 사람 같아 보였다.

그 녀석은 나와 시선이 마주치자 조심스럽게 이쪽을 쳐다보며 미소를 지었다. 쭈뼛거리는 태도와 어색한 미소에서 긴장과 망설임이 느껴졌다.

"신경 쓰지 마. 그냥 장난친 거야."

나는 손에 든 인형 머리와 녀석을 번갈아 쳐다보았다. 울컥 부아가 치밀어 올랐다. 내 감정이 표정에 그대로 드러났는지 녀석은 당황해하며 손을 내저었다.

"난 아니야."

정말일까?

가만히 서서 상대를 노려보았지만 사실인지 거짓말인지는 알 수 없었다. 잔뜩 주눅이 들어 쭈뼛거리며 내 눈치를 살피는 모습이 어딘지 모르게 비굴해 보여서 신경에 거슬렸다.

"정말이야. 내가 넣어 둔 게 아니야."

녀석이 다시 한번 말했다.

나는 무시하고 그냥 내 방으로 돌아가기로 했다. 마음에 들지 않는 상대와 더 엮이고 싶지 않았다.

녀석의 옆을 지나 2층으로 향하는 계단에 발을 내디뎠다. 두 계단 정도 올라갔을 때 녀석이 나를 불렀다.

"히로시."

어떻게 내 이름을 알고 있는 거지? 놀라서 뒤를 돌아보자 녀석은 알 수 없는 미소를 지으며 나를 쳐다보고 있었다.

"히로시, 맞지?"

녀석은 그렇게 말하며 조금 전 내가 이름표를 집어넣은 우편함을 손가락으로 가리켰다. 종이에 적힌 내 이름을 보고 부른 모양이었다. 나는 잔뜩 인상을 쓰고 녀석을 노려보았다. 안 그래도 심기가 불편한데 처음 보는 상대에게 난데없이 이름을 불려서 굉장히 불쾌했다.

"넌 누군데? 여기 살아?"

내가 퉁명스럽게 묻자 녀석은 고개를 끄덕였다.

"응, 6호실."

나는 우편함 쪽을 돌아보았다. 6호실 명판은 비어 있었다.

"왜 이름을 안 적어 놨어?"

내가 묻자 녀석은 다시금 불가사의한 미소를 지었다. 그 표정이 묘하게 내 신경을 건드렸다.

"명판은 비워 두는 게 좋아. 이름을 들키지 않게."

무슨 말인지 알 수가 없었다. 내가 고개를 갸웃거리자 녀석은 이렇게 덧붙였다.

"이름을 알게 되면 시답지 않은 장난을 쳐 대거든."

"누가?"

녀석은 대답하지 않았다.

"넌 이름이 뭔데?"

다시 묻자 녀석은 나를 가만히 쳐다보았다. 어딘지 모르게 어색하고 주눅이 들어 보이기는 했지만 딱히 반감이나 적대감은 느껴지지 않았다. 내게 악의를 품고 있는 것 같지는 않았다.

"이즈미. 이즈미 사토루."

"나이는?"

"너랑 비슷할걸."

"열여섯?"

"응."

'재수 없는 자식.'

살다 보면 이유 없이 싫은 사람도 있기 마련이다. 나는 처음 봤을 때부터 이 녀석이 마음에 들지 않았다. 얼굴을 마주하고 있는 것만으로도 기분이 나빴다. 이런 내 감정은 표정에도 고스란히 드러났을 텐데 이즈미는 개의치 않고 나를 물끄러미 쳐다볼 뿐이었다.

"여기는 오지 않는 편이 좋았을 텐데."

"…무슨 뜻이야?"

이즈미는 내 질문에는 대답하지 않고 진지한 얼굴로 이렇게 말했다.

"가능한 한 빨리 나가는 게 좋을 거야."

"협박이냐?"

내가 따지듯이 묻자 이즈미는 고개를 저으며 대답했다.

"…충고."

그러더니 내가 뭐라고 말하기도 전에 몸을 돌려 도망치듯 빌라 밖으로 나가 버렸다.

멀어져가는 뒷모습을 바라보며 나는 이루 말할 수 없이 불쾌한 기분에 휩싸였다.

저녁이 되어 필요한 것들을 사러 밖으로 나갔다. 기분이 우울했다.

건물도, 주변 환경도, 이웃 주민도 다 마음에 들지 않았다.

앞으로 여기서 살 생각을 하니 마음이 무거웠다. 그리고 내가 혼자 이사 오게 된 경위에 대해 생각했다.

나에게는 이제 집이 없었다. 아무리 기분 나쁜 공간이라 할지라도 내게는 돌아갈 곳이 필요했다.

엄마는 반년 전에 돌아가셨다. 길을 건너다 차에 치어 그대로 숨을 거두었다. 흔한 교통사고였다.

부고를 듣고 전국 각지에서 엄마의 지인들이 찾아왔다. 나오코 아줌마도 그중 한 명이었다.

나오코 아줌마는 엄마의 고등학교 동창이었다. 고등학생 때 단짝이었던 두 사람은 결혼 후 엄마가 아버지의 전근에 따라 전국 방방곡곡을 떠돌아다니는 동안에도 자주 연락하며 우정을 이어 나갔다.

나오코 아줌마는 결혼하지 않고 유명 대기업에서 일했다. 근처에 출장을 오면 반드시 우리 집에도 들렀다. 나도 많이 예뻐해 주었다. 엄마 친구였지만 우리 가족 모두와 친하게 지냈다. 아버지도 도쿄로 출장을 갈 때마다 나오코 아줌마에게 연락해 만날 약속을 잡는 것 같았다.

나오코 아줌마는 장례식이 끝난 후에도 바로 돌아가지 않고 남자 둘만 남은 우리 집 살림을 봐 주었다.

일주일이 지났다.

또 일주일이 지났다.

그런데도 나오코 아줌마는 돌아가지 않았다. 회사에 가야 하지 않느냐고 물으니 그만두었다는 대답이 돌아왔다.

나오코 아줌마가 계속 우리 집에 머무는 상태에서 49재를 지내게 되었다. 그날 밤, 아버지는 나에게 재혼하겠다고 선언했다. 상대는 나오코 아줌마였다.

어쩌면 이것 역시 흔한 일일지도 모르겠다.

나는 반대했지만 아버지에게 자식의 의견 따위는 중요하지 않았다. 자신이 결정한 일에 가족들은 당연히 따라야 한다고 생각하는 사람이니까.

나오코 아줌마가 내 새엄마가 되었다.

재혼 후 얼마 지나지 않아 아버지가 또 전근을 가게 되었다. 나는 이 기회에 집을 나오기로 했다. 나오코 아줌마는 반대했지만 아버지는 이런저런 잔소리만 늘어놓았을 뿐 딱히 말리지는 않았다.

원래 살던 곳에 나 혼자 남을 수도 있었지만 '친모의 장례식 날부터 같이 사는 새엄마'의 소문은 학교에서도 동네에서도 모르는 사람이 없었기 때문에 지긋지긋한 그곳을 하루빨리 벗어나고 싶었다.

그리하여 마침내 이곳 하이츠 그린 홈으로 이사 오게 된 것이다.

아버지는 가정을 돌보지 않는 사람이었기 때문에 우리 집은 모자 가정이나 다름없었다. 게다가 자주 이사를 다녔기 때문에 내게 집이란 곧 엄마가 있는 곳을 뜻했다. 이 부분에 있어서 엄마가 좋은 사람이었는지 아닌지는 상관이 없다.

엄마가 죽고 나는 집을 잃었다.

심리적인 공허감을 말하는 것이 아니다. 훨씬 더 직접적이고 현실적인 문제였다. 예를 들어 목이 말라 차가운 주스를 마시고 싶어졌다고 치자. 그런데 어느샌가 찬장에 넣어 둔 식기의 위치가 다 바뀌는 바람에 컵을 찾을 수가 없다. 냉장고를 열어 보니 내부를 정리하는 방식이 완전히 달라져서 내가 찾는 주스가 어디 있는지 금방 눈에 들어오지 않는다.

이런 식으로 우리 집은 조금씩 남의 집이 되어 갔다. 마치 친척 집에 얹혀사는 듯한 느낌이었다.

이런저런 마이너스 요소가 존재하기는 하지만 하이츠 그린 홈은 이제 내 집이었다. 조만간 익숙해져서 이 집에 애착을 느끼게 될 거라고 스스로를 다독이며 나는 해가 저문 거리를 천천히 걸어갔다.

❖

우울한 기분으로 필요한 물건들을 산 다음 밖에서 저녁을 먹은 후 빌라로 돌아왔다. 어둡고 텅 빈 방에 들어와 불을 켰다. 아무도 맞아 주는 사람이 없다는 것은 나로서는 처음 경험하는 일이었다.

막막함과 외로움이 몰려왔고, 그런 나 자신이 한심해서 화가 났다.

방 안에는 이삿짐 상자가 잔뜩 쌓여 있었다. 그래서인지 집이라기보다는 창고에 가까워 보였다.

까만 어둠을 등진 창유리에 내 얼굴이 비쳤다. 그 모습이 마치 겁에 질린 어린아이 같아 보여서 짜증이 났다.

'창고에 갇힌 어린애 같네.'

그런 생각이 들어서 점점 더 우울해졌다.

'정리가 안 돼서 그런 걸지도.'

이삿짐을 풀고 사람 사는 집 같아지면 이런 기분도 사라질 것이다.

일단 방금 사 온 커튼부터 달았다. 새까만 구멍 같던 창문을 밝은 회색 톤의 천으로 덮자 그것만으로도 꽤 아늑한 느낌이 들었다.

부엌과 욕실에는 수건을 걸고 비누를 꺼내 놓았다. 단지

소품 몇 개가 더해졌을 뿐인데 생활감이 느껴진다는 게 신기했다.

이사를 자주 다니다 보니 원래부터 내 짐은 많지 않았다. 그 짐도 대부분은 두고 왔다. 유일하게 가져온 가구인 3단 선반을 한쪽 구석에 배치하고, 유일한 전자기기인 오디오를 연결했다.

스피커에서 음악이 흘러나오자 마음이 좀 편해졌다. 나는 다시 기운을 내서 이삿짐을 정리하기 시작했다.

몇 시간에 걸쳐 물건들을 다 제자리에 집어넣자 얼추 정리가 되었다.

목이 말라서 편의점에 마실 것을 사러 나갔다. 편의점이 가까운 것은 마음에 들었다. 내일은 필요한 가전을 사러 가야겠다고 생각하며 음료를 사서 편의점을 나섰다.

빌라가 있는 골목으로 접어든 순간, 나는 흠칫 놀라 그 자리에 멈춰 섰다.

어두운 골목길에 한 아이가 쪼그리고 앉아 있었다. 유치원생쯤 되어 보이는 어린 남자아이였다.

아이는 골목 어귀에 쪼그려 앉아 땅바닥을 들여다보고 있었다. 뭘 하나 싶어서 자세히 살펴보니 분필로 바닥에 낙서를 하고 있었다.

뭔가 이상했다.

골목을 밝히는 불빛이라고는 입구에 세워진 가로등과 골목 끝에 위치한 빌라의 현관 등뿐이었다. 그러다 보니 당연히 골목은 어두컴컴했다. 옆을 보고 앉은 아이의 실루엣이 간신히 드러나는 정도였다.

이렇게 어두운데 뭐가 보이나? 아무리 열심히 들여다보아도 아이가 무엇을 그리고 있는지 알아볼 수가 없었다.

주위를 둘러보았지만 아이의 부모는 보이지 않았다. 손목시계를 확인하니 밤 11시였다. 어린아이가 혼자 돌아다니기에는 너무 늦은 시간이었다.

말을 걸까 하다가 그만두었다. 부모가 잠시 자리를 비웠을 수도 있겠다는 생각이 들었기 때문이다.

나는 땅바닥을 향해 고개를 숙이고 있는 아이 옆을 지나 하이츠 그린 홈으로 돌아왔다. 내가 지나가도 아이는 고개를 들지 않았다.

'음침한 녀석이네….'

어느 정도 사람 사는 집 같아진 방으로 돌아와 방금 사온 캔커피를 따서 막 입으로 가져가려고 했을 때였다.

갑자기 전화가 울렸다. 아까 물건 사러 나가기 전에 기사가 와서 전화선 연결을 마친 참이었다. 나는 서둘러 수화기를 집어 들었다.

수화기를 들어 올리는데 문득 아직 아무에게도 새 전화 번호를 알려주지 않았다는 사실이 기억났다. 아버지한테도 나오코 아줌마한테도 아직 연락하기 전이었다.

"여보세요?"

이름을 대지 않은 것은 뭔가 찜찜한 느낌이 들었기 때문이다. 어쩌면 이즈미가 한 말, 그러니까 이름을 들키지 않게 하라는 말 때문이었는지도 모르겠다.

전화를 건 상대방은 아무 말도 하지 않았다.

"여보세요?"

재차 물어도 대답이 없었다. 수화기에서는 희미한 잡음만 들릴 뿐이었다.

"누구시죠?"

역시나 대답은 돌아오지 않았다.

나는 전화를 끊고 거칠게 수화기를 내려놓았다.

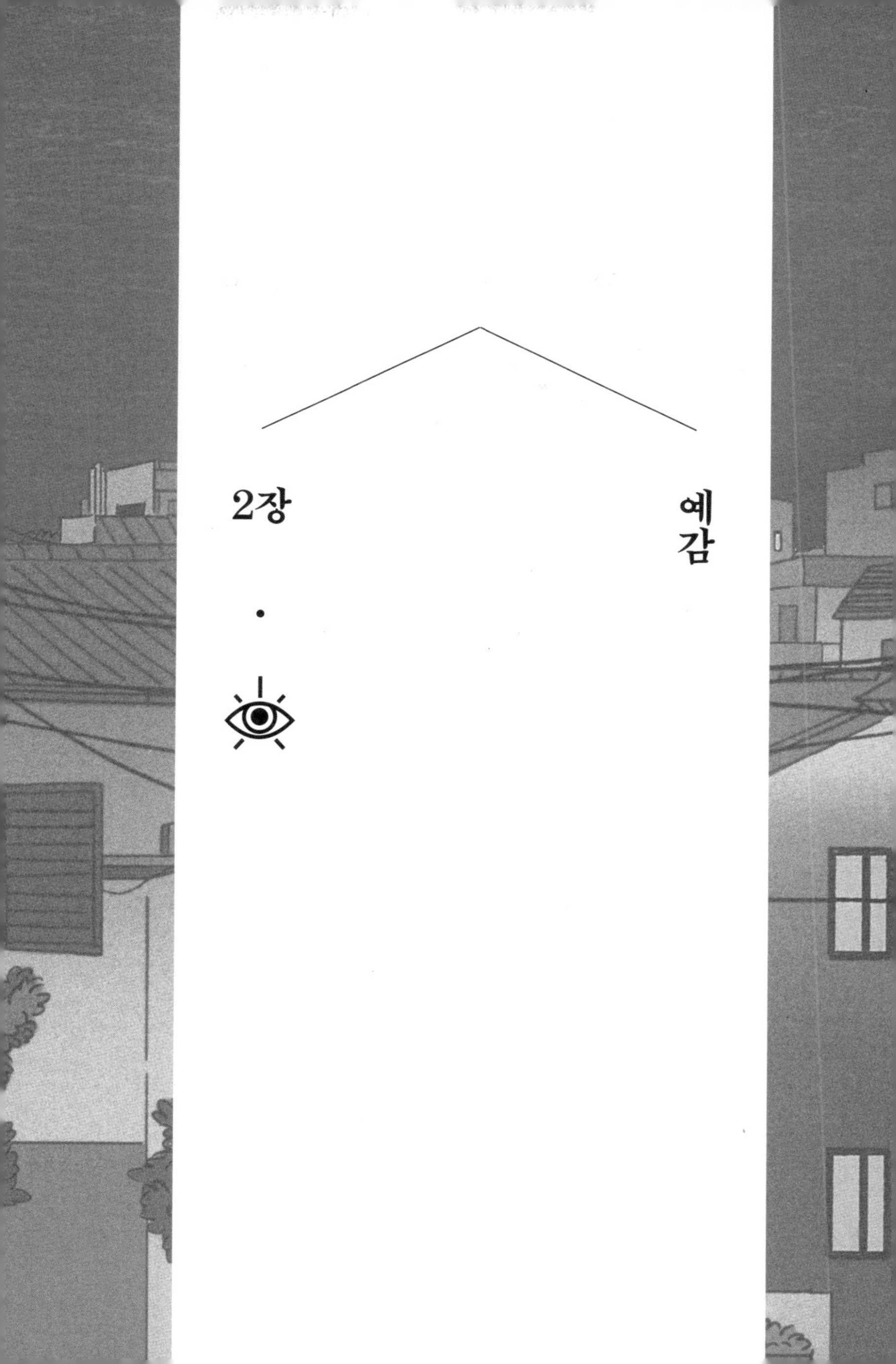

2장 · 예감

2장

•

예감

다음 날은 느지막이 일어나 필요한 물건을 사러 나갔다. 모르는 동네에서 무언가를 사려면 어디로 갈지 정하는 것부터가 일이다. 하지만 다행히도 나는 이 동네가 처음은 아니었다. 우리 가족이 이 동네에 살았던 것은 6년도 더 전이지만 그사이에 번화가의 위치가 변하거나 하지는 않았을 터였다. 물론 바뀐 점도 많겠지만 가 보면 분명 반가운 느낌이 들 것 같았다.

나는 조금 설레는 마음으로 하이츠 그린 홈을 나섰다. 밖으로 나가자 관리인 노자키 씨가 골목 청소를 하고 있었다.

"안녕하세요."

내가 인사하자 노자키 씨가 고개를 들었다. 기분이 별로 좋지 않아 보였다.

어디 가는 길이냐고 묻길래 물건을 사러 간다고 대답했다. 노자키 씨는 땅바닥에 물을 뿌린 다음 기다란 청소 솔로 박박 닦았다. 좁은 골목이 온통 물바다가 되어 있었다. 골목 청소를 이렇게까지 열심히 한다는 게 좀 신기했다.

6년 만에 다시 찾은 번화가는 완전히 변해 있었다. 그래도 거리 곳곳에 남아 있는 익숙한 건물들을 보니 반가웠다.

이 동네에 살았던 당시 나는 초등학생이었다. 학교나 친구들은 잘 기억나지 않지만 엄마와 함께 백화점에 왔던 기억은 아직도 생생했다.

적당해 보이는 가전 판매점에 들어가 고민 끝에 전기 포트와 소형 냉장고를 샀다. 그 외 잡다한 생필품을 사고 나니 벌써 해가 지려 하고 있었다.

나는 양손에 짐을 잔뜩 들고 하이츠 그린 홈으로 향하는 골목에 발을 들였다. 노을에 잠긴 좁은 골목이 어제보다도 한층 더 스산하게 느껴졌다.

나는 문득 걸음을 멈추고 주위를 둘러보았다.

'어젯밤에 아이가 낙서를 하고 있었던 게 대충 이쯤이었던 것 같은데….'

자세히 보니 콘크리트 도로 위에 노란색 선이 희미하게 남아 있었다. 거의 다 지워져서 무엇을 그린 것인지는 알 수 없었다.

나는 땅바닥을 보고 걸었다. 잠도 안 자고 밤새 그리기라도 했는지 빌라 바로 앞까지 옅은 분필 자국이 이어져 있었다.

그제야 아까 노자키 씨가 왜 그렇게 열심히 청소를 했는지 이해가 갔다. 노자키 씨는 땅바닥에 그려진 낙서를 솔로 지우고 있었던 것이다.

혼자서 고개를 끄덕이며 짐을 들고 건물 안으로 들어와 우편함을 확인했다. 어제 이사 온 집에 오늘 편지가 올 리 없었고 애초에 편지를 보내올 사람도 한 명밖에 없었지만 습관적으로 손이 움직였다.

우편함을 열자 내 예상과는 달리 흰 봉투 하나가 들어 있었다.

편지를 꺼내 봉투 뒷면에 적힌 보낸 사람 이름을 보고 얼굴을 찌푸렸다. 오른쪽이 살짝 올라간 여자 글씨. 내가 생각한 바로 그 한 명, 나오코 아줌마가 보낸 편지였다.

나는 짐을 한 손에 모아 들고 계단을 올라가면서 봉투

를 열어 보려고 했다.

'응?'

봉투 입구가 열려 있었다. 열린 부분을 보니 누가 가위로 자른 듯했다.

나도 모르게 걸음을 멈췄다. 계단 중간에 일단 짐을 내려놓고 다시 한번 편지를 제대로 살펴보았다.

평범한 봉투였다. 풀로 봉해져 있던 부분에 펜으로 X 표시가 되어 있었다. 겉면에는 이곳 주소와 내 이름이 적혀 있었고, 우표에는 어제 소인이 찍혀 있었다. 이 편지가 배달되는 과정에는 아무 문제가 없었다는 뜻이었다.

봉투를 거꾸로 들고 흔들자 편지지 두 장이 나왔다.

그 자리에서 바로 펴 보니 오른쪽이 살짝 올라간 나오코 아줌마의 글씨가 가지런히 적혀 있었다. 그쪽 근황을 전하고, 내 근황을 묻고, 그리고 어서 다시 함께 살게 되면 좋겠다는 이야기.

봉투가 개봉되어 있다는 건 누군가 이 편지를 읽었다는 말이었다.

'하지만 왜?'

별 내용도 없는 남의 편지를 읽어서 뭐 하려고?

생각에 잠겨 있는데 계단 위에서 누가 내게 인사했다. 2층에서 이즈미가 이쪽을 내려다보고 있었다.

"어서 와."

이즈미는 한쪽 손을 가볍게 들어 보였다. 딱히 무시할 이유도 없어서 나는 고개를 끄덕하고 손에 든 편지를 겉옷 주머니에 넣었다.

"편지 왔어? 누가 보낸 거야?"

이즈미는 주머니에 찔러 넣은 내 손을 보며 물었다. 무신경한 말투가 신경에 거슬렸다.

"너랑은 상관없잖아."

퉁명스럽게 대꾸하자 이즈미의 표정이 시무룩해졌다. 이즈미는 내 차가운 반응에 주눅이 들었는지 한 발 뒤로 물러섰다. 나는 이즈미 옆을 그대로 지나쳐 3층으로 향했다. 이즈미는 2층에 서서 나를 쳐다보았다. 계속해서 따라오는 시선이 느껴졌다.

'아무튼 기분 나쁜 녀석이라니까.'

왠지 영 마음에 들지 않았다.

열쇠로 방문을 열고 들어가려는데 복도를 걸어오는 발소리가 들렸다.

옆을 돌아보니 이쪽으로 오던 남자가 내 옆방인 8호실

앞에서 멈춰 섰다. 중년의 회사원 같아 보이는, 등이 굽은 남자였다.

옆집 문패에는 '오오바야시'라고 적혀 있었다. 이 사람이 오오바야시 씨인 걸까.

남자는 주머니에서 열쇠를 꺼내려다가 내 시선을 눈치챘는지 고개를 들었다. 눈이 마주쳐서 반사적으로 꾸벅하고 인사했다. 오오바야시 씨는 자기 집 문을 열면서 위협하는 듯한 눈빛으로 나를 노려보았다. 이유는 알 수 없지만 분명한 악의가 느껴졌다.

오오바야시 씨가 문을 쾅 닫았다. 나는 허둥지둥 내 방으로 들어왔다.

아무래도 옆방 사람과도 사이좋게 지내기는 어려울 것 같았다.

방에 들어와 습관적으로 창문을 열려고 했다. 나는 밀폐된 공간을 좋아하지 않는다.

커튼을 걷으려다가 문득 베란다 너머로 신사가 보인다는 사실이 떠올랐다. 커튼 틈새로 밖을 내다보니 저녁노을이 지는 하늘을 배경 삼아 검은 그림자에 덮인 언덕이 보였다.

심장이 철렁했다. 나는 서둘러 커튼을 닫았다.

대체 왜 이러는 걸까.

왜 저 신사를 보면 기분이 나빠지는 건지 도무지 알 수가 없었다.

묘지나 절이었다면 그럴 만도 했다. 지금 내가 느끼는 감정은 자기 집 정면에 묘지가 있는 것을 발견한 사람의 기분과 비슷했다. 하지만 저건 신사였다.

정체불명의 수상한 건조물 같은 건 보이지 않았다. 그저 빨간 기둥과 본전 지붕이 보일 뿐이었다. 수풀과 나무가 우거진 평범한 언덕이 딱히 불길한 인상을 풍기는 것도 아니었다. 내가 생각하기에도 불쾌함을 느낄 이유가 전혀 없었다.

내 감정을 제대로 확인하고 싶어서 한 번 더 커튼을 열어 볼까도 생각했다. 커튼에 손을 가져갔지만 결국 걷지는 못했다. 아무래도 내키지가 않았다.

기분이 나쁘고 쳐다보고 싶지 않은데 왜 보고 싶지 않은지 그 이유를 모르겠다는 사실이 나를 더 불안하게 만들었다. 나는 스스로에게 당혹감을 느끼며 도망치듯 창문에서 떨어졌다.

기분 전환을 하고 싶어서 CD를 틀었다. 밝고 가벼운 분위기의 노래가 흘러나왔다. 나는 음악을 들으며 방금 사

온 짐을 정리했다.

오늘 산 전기 포트는 냉장고와 함께 내일 배송될 예정이었다. 그래서 어쩔 수 없이 새로 산 편수 냄비로 물을 끓였다. 커피를 끓이려고 주방 짐 중에서 컵을 찾아 꺼냈을 때였다.

전화벨이 울렸다.

아까 외출하기 전에 본가에 전화를 걸었는데 아무도 받지 않아서 내심 잘됐다고 생각하며 부재중 메시지로 무사히 이사를 마쳤다는 말과 이곳 전화번호를 남겼었다. 나오코 아줌마가 그 메시지를 확인하고 전화한 게 아닐까 싶었다.

"네."

한숨을 쉬며 수화기를 집어 들었다. 이번에도 이름은 말하지 않았다. 이즈미가 한 말이 여전히 신경 쓰였기 때문이다. 아무래도 평소보다 신경이 많이 날카로워진 것 같았다. 나는 쓴웃음을 지으며 전화기에 대고 말했다.

"여보세요?"

하지만 상대방은 아무 말도 하지 않았다.

또 장난 전화인가, 하고 생각하며 잠자코 귀를 기울이자 수화기 너머에서 희미하게 소리가 들려왔다. 딱딱한 물체를 가볍게 쳐서 울리는 소리. 바람에 흔들리는 풍경처럼 맑고 기분 좋은 소리는 아니었다. 굉장히 기분 나쁜 소리였다.

"여보세요?"

한 번 더 강하게 다그치자 갑자기 전화가 뚝 끊겼다.

나는 혀를 차며 수화기를 내던졌다.

❖

다음 날, 나는 정해진 시간에 맞춰 전입할 학교를 찾아 갔다.

원래 일어나려던 시간보다 늦게 일어나 버렸다. 자취의 가장 큰 단점은 늦잠을 자도 깨워 주는 사람이 없다는 게 아닐까. 빵 한 조각 입에 물 틈도 없이 집을 뛰쳐나갔다.

나는 허겁지겁 계단으로 향했다. 7호실을 지나가는데 갑자기 벌컥 문이 열렸다. 힐끗 돌아보니 키가 큰 남자가 밖으로 걸어 나오고 있었다.

이어서 갓난아이를 안은 여자가 현관까지 따라 나와 "다녀와요" 하고 인사했다. 둘이 부부인 모양이었다.

7호실 문패에는 '카가와'라고 적혀 있었다. 키가 멀대 같이 크고 빼빼 마른 카가와 씨는 음침한 인상이었다. 어제 만난 오오바야시 씨보다는 젊어 보였다. 대충 서른 전후. 핏기 없이 파리한 얼굴에 광대뼈가 툭 튀어나오고 뺨은 홀쭉해서 뭔가 지병이 있는 사람 같아 보였다.

두 사람과 눈이 마주쳐서 꾸벅 인사한 다음 다시 잰걸음으로 계단을 내려갔다.

1층 현관에 다다르자 노란색이 내 시야를 점령했다.

건물 바닥을 온통 뒤덮고 있는 노랑.

마치 카펫을 깔아 놓은 것 같았다. 사방이 노란색으로 덮여 원래의 흰색 바닥은 거의 보이지 않았다.

노란색 분필 낙서가 홀을 점령하고 있었다. 삐져나온 선이 계단 아래까지 이어져 있었다.

지난번에 본 남자아이가 그린 걸까. 삐뚤빼뚤한 선이 빼곡하게 들어차 있었다. 여러모로 서투른 솜씨인 데다가 선들이 복잡하게 겹쳐 있어서 얼핏 봐서는 무엇을 그린 건지 알 수가 없었다.

왠지 섬뜩한 느낌이 들었다.

이 정도 면적을 낙서로 가득 채우려면 대체 얼마나 많은 시간과 노력을 필요로 할지 짐작조차 가지 않았다. 게다가 이걸 그린 사람은 고작 대여섯 살밖에 되지 않은 어린아이였다.

잠시 멍한 표정으로 계단 가운데에 멈춰 서 있는데 관리인 아저씨가 1호실 문을 열고 나왔다.

"안녕하세요."

내가 인사하자 노자키 씨는 잔뜩 인상을 쓴 채 묵묵히 고개를 끄덕였다. 한 손에는 양동이를, 다른 한 손에는 대걸레를 들고 있었다. 들릴락 말락 한 목소리로 내게 인사하고는 바닥을 둘러보며 혀를 찼다.

"쯧."

노자키 씨는 물이 든 양동이를 바닥에 내려놓고 대걸레를 그 안에 집어넣었다. 내 뒤에서 카가와 씨가 내려와 노자키 씨와 인사를 나누었다. 카가와 씨도 홀을 보며 얼굴을 찌푸렸다.

"또 그려 놨네요."

'또?'

나는 카가와 씨와 노자키 씨를 번갈아 쳐다보았다. 노자키 씨는 뚱한 표정으로 고개를 끄덕였다. 그러고는 대걸레를 꾹 눌러 물기를 짠 다음 바닥의 낙서를 지우기 시작했다.

"이런 망할…."

노자키 씨는 투덜거리며 바닥을 닦았다.

카가와 씨가 표정을 찡그리며 홀에 발을 내디뎠다.

"대체 누구 짓일까요? 한동안 잠잠하더니."

"그러게 말입니다. 한번 제대로 혼을 내 줘야 하는데."

노자키 씨가 내뱉듯이 대답했다.

'한동안 잠잠했다고?'

나는 고개를 갸웃거리며 대걸레를 피해 홀에 내려섰다. 이번이 처음이 아니라는 말과 한동안 잠잠했다는 말이 신경이 쓰였지만 그런 걸 물어볼 만한 분위기도 아니었고, 그럴 시간도 없었다.

나는 퉁명스럽게 우리를 배웅하는 노자키 씨를 뒤로하고 카가와 씨와 함께 노란 선들을 밟으며 현관을 나섰다.

버스 정류장은 하이츠 그린 홈에서 걸어서 5분 거리에 있었고, 거기서 내가 전학 갈 학교까지는 버스로 15분쯤 걸렸다. 수준이 높지도 낮지도 않고 별다른 특징도 없는 평범한 고등학교였다.

내게 전학이란 익숙하고 지루한 의식일 뿐이었다. 그래도 이번에는 졸업할 때까지 계속 이 학교를 다닐 거라고 생각하니 조금 긴장이 되었다.

반 분위기에는 금방 적응했다. 그건 내 특기였다.

전학 첫날을 무난하게 마치고 집으로 돌아오는 길에는 주변 지리도 익힐 겸 버스를 타지 않고 그냥 차도를 따라 걸었다.

학교에서 두 정거장 떨어진 곳에 내 취향에 잘 맞을 것 같은 레코드 가게가 있었고, 집에서 그리 멀지 않은 곳에 24시간 영업하는 서점도 있었다. 마음에 드는 가게를 발견해서 기분이 좋아졌다.

하지만 그 덕분에 신사가 있는 언덕 바로 옆을 지나가게 되었다. 나는 최대한 시선을 돌려서 언덕 쪽을 쳐다보지 않으려 했다.

왜 이렇게 이 언덕이 신경 쓰이는지 알 수가 없었다.

'그저 평범한 언덕일 뿐인데….'

그런 생각을 하며 상점가를 통과해 빌라 앞 골목길로 들어섰다.

하이츠 그린 홈으로 난 골목길은 빌라 앞에서 딱 끊기는 구조는 아니었다.

건물 현관은 지면에서 세 계단 정도 올라온 위치에 있었고, 문 앞에는 차양을 친 좁은 공간이 마련되어 있었다. 어젯밤 외출했다 돌아오는 길에 확인한 바로는 길은 그 앞에서 기역 자로 꺾여 건물 왼편에 있는 자전거 주차장을 지나 뒤뜰까지 이어져 있었다. 하지만 어제는 입구 오른쪽에 건물 벽을 따라 좁은 통로가 나 있다는 사실은 눈치채지 못했다.

엄밀히 말하자면 통로라기보다는 건물과 건물 사이에

난 틈이라고 보는 게 맞을 것 같았다.

학교에서 돌아온 나는 빌라 안으로 들어가려다가 문득 오른쪽에 연두색 옷을 입은 사람이 웅크리고 있는 것을 보고 거기에 그런 공간이 있다는 사실을 알게 되었다.

그 사람은 콘크리트 벽과 흰 벽 사이에 쪼그리고 앉아 있었다. 중년의 여성이었다. 이쪽을 등지고 허리를 굽힌 채 바닥에서 뭔가를 하고 있었다.

자세히 들여다보니 아줌마는 땅에 난 잡초를 뽑고 있었다. 축축한 흙에 엉겨 붙어 자란 풀을 손톱으로 긁어 떼어 내고 있었다.

인기척을 느꼈는지 아줌마가 뒤를 돌아보았다. 예전에 본 노자키 씨의 부인이었다.

"누구…?"

아줌마는 어깨 너머로 이쪽을 쳐다보며 나른한 말투로 물었다.

"아, 저는 아라카와 히로시라고 합니다. 이번에 9호실로 이사 온…."

아줌마는 나를 물끄러미 쳐다보다가 이윽고 기억이 났는지 아아, 하고 중얼거렸다.

이사 온 첫날, 열린 문틈으로 집 안을 들여다봐서 죄송했다고 사과할까 하다가 그냥 고개만 숙였다.

아줌마도 내게 고개를 끄덕여 보이고는 그대로 시선을 고정한 채 꼼짝도 하지 않았다. 나는 어떻게 해야 할지 몰라 당황했다.

생기가 느껴지지 않는 흐린 눈동자에서 벗어나기 위해서는 어서 빨리 무슨 말이라도 해야 할 것만 같았다. 열심히 화제를 찾다가 그냥 머릿속에 떠오르는 대로 내뱉었다.

"6호실에는 이즈미라는 아이가 살지요?"

아줌마는 고개를 갸웃하며 의아한 눈초리로 나를 쳐다보았다.

"아닌가? 자기 입으로 6호실이라고 했는데…. 그 아이도 혼자 사나요?"

아줌마는 몇 번인가 눈을 깜빡이더니 천천히 고개를 끄덕였다.

"그래. 그게 왜?"

말문이 막혔다. 나로서는 별생각 없이 한 말이었지만 지난번에 집 안을 들여다본 것도 그렇고 지금 한 질문도 그렇고 남의 집 일을 캐고 다니는 오지랖쟁이라고 오해받아도 할 말이 없었다.

"아, 아니… 그냥 좀 신경이 쓰여서요."

나는 허둥대며 다시 한번 아줌마를 향해 꾸벅 인사한 다음 현관문을 열고 건물 안으로 들어갔다. 문이 완전히 닫힐 때까지 아줌마가 계속해서 흐리멍텅한 눈으로 나를 쳐다보는 것이 느껴졌다.

❖

현관 홀의 낙서는 깨끗이 지워져 있었다.

바닥을 살피며 우편함을 열자 편지 한 통이 들어 있었다.

살짝 짜증이 났다. 관리인 아줌마와 불편한 대화를 나눠서 기분이 좋지 않기도 했고, 이번에도 나오코 아줌마가 보낸 편지일 거라고 생각했기 때문이다.

'뭘 또 보낸 거야….'

한숨을 쉬며 봉투를 꺼내 살펴보니 보낸 사람 이름이 적혀 있지 않았다.

평범한 흰색 편지 봉투에는 우표도 붙어 있지 않았다. 겉면에 주소도 없이 내 이름만 달랑 적혀 있었다. 누가 직접 이 우편함에 넣었다는 말이었다. 봉투에 적힌 단정한 손글씨를 보면 광고 전단지는 아닌 것 같았고, 개봉된 흔적도 없었다.

나는 그 자리에서 봉투를 뜯어 열어 보았다. 정체를 알 수 없는 편지를 내 방으로 가져가고 싶지 않았기 때문이다. 안에 든 것을 보고 나는 눈을 깜빡였다.

봉투 안에는 편지지 두 장이 들어 있었다. 흰 종이에 은색 선이 그어진 편지지에는 아무것도 적혀 있지 않았다. 뒷장 모서리 부분에 빨간 지문이 묻어 있을 뿐이었다. 모양을 봤을 때 엄지 같았고, 편지지를 집었을 때 묻은 듯했다.

빨간, 검붉은 지문. 마치 말라붙은 피 같은 색이었다.

'대체 누가….'

나는 치밀어 오르는 분노를 참으며 편지지를 봉투째 콱 움켜쥐었다.

'누가 이런 짓을….'

속으로 욕을 퍼부으며 구석에 놓인 휴지통에 편지를 던져 넣었다.

방으로 돌아온 나는 화풀이하듯 가방을 내던졌다.

'짜증 나.'

이곳 하이츠 그린 홈은 하나부터 열까지 다 마음에 들지 않았다.

어둡고 음침하고 스산한 분위기.

낙서, 장난, 빈말로라도 인상이 좋다고는 할 수 없는 이웃들.

그런 생각을 하며 방바닥에 드러누워 있는데 전화벨이 울렸다.

나는 몸을 벌떡 일으켰다. 집에 돌아와서 아직 자동 응답 기능을 해제하지 않았기 때문이다. 자동 응답으로 바뀌기 전에 서둘러 수화기를 집어 들려다가 이번에도 장난 전화일지 모르겠다는 생각에 잠시 망설였다. 하지만 계속 울리는 전화벨을 무시할 수도 없어서 결국 수화기를 들어 귓가로 가져갔다.

"…여보세요?"

예상대로 상대방은 아무 말도 하지 않았다.

"당신 누구야?"

나는 굳은 목소리로 내뱉었다. 수화기 너머에서는 간헐적으로 희미하게 소리가 들렸다. 무언가 부딪히는 소리. 그 외에는 아무 소리도 들리지 않았다.

나는 거칠게 수화기를 내려놓았다.

흔한 장난 전화일뿐이다. 그냥 무시하면 된다. 그렇게 생각은 하면서도 마음 한구석이 찜찜했다.

얼마 지나지 않아 다시 전화벨이 울렸다.

이번에는 전화를 받지 않았다. 가만히 귀를 기울이고 있으니 부재중 메시지가 흘러나왔다. 음성을 남겨 달라는 메시지가 끝나고 삐 소리가 나도 상대방은 아무 말도 하지 않았다. 무언의 의지가 느껴지는 침묵이 흐르다가 이윽고 전화가 끊겼다.

전화기는 계속 자동 응답 모드로 놔둬야겠다고 생각하고 있는데 또 전화벨이 울렸다.

나는 전화기를 빤히 응시했다. 기계적으로 흘러나오는 부재중 메시지, 그리고 이어지는 침묵.

전화가 끊겼다. 다시 전화벨이 울렸다. 메시지와 침묵.

나는 더 이상 참지 못하고 전화선을 뽑아 버렸다.

적당히 좀 하라고 고래고래 소리를 지르고 싶은 기분이었다.

겨우 주위가 조용해져서 정신을 차려 보니 어느샌가 해가 저물어 있었다.

나는 불을 켤 기운도 없어서 어두운 방 안에 그대로 앉아 있었다. 한참을 그러고 있는데 초인종이 울렸다. 어제 가전 판매점에서 산 물건들이 도착한 모양이었다.

나는 크게 한숨을 내쉬며 머리를 휘휘 저었다. 고민한다고 해서 뾰족한 수가 생기는 것도 아니었다. 천천히 일어나 방 안의 불을 켰다. 내 집인데 마치 남의 집처럼 낯설게 느껴졌다. 하이츠 그린 홈, 녹색의 나의 집.

현관으로 나가 물건을 받았다. 배송 기사가 냉장고를 설치하기 시작했다.

'신경 쓰지 말자.'

그게 내가 할 수 있는 최선이었다.

'이제 여기가 내 집이니까.'

❖

빌라는 최악이었지만, 학교는 마음에 들었다. 반 분위기도 좋았고, 학교 전체가 밝고 활기찬 에너지로 가득 찬 느낌이었다.

점심시간, 나는 교실에서 같은 반 친구와 잡담을 나누고 있었다. 어느샌가 나는 비교적 얌전하고 눈에 잘 띄지 않는 녀석들이 모인 그룹에 속해 있었다.

"히로시, 너 예전에도 이 동네 살았었다며?"

키무라가 내게 물었다.

"응, 1년 정도."

"몇 살 때?"

"초등학교 3학년 때였을걸. 4학년이 되자마자 다시 전학을 갔고."

"어느 초등학교 다녔는데?"

나는 당시 다녔던 초등학교 이름을 댔다. 주위에 있는 아이들 중 그 초등학교를 나온 사람은 없는 것 같았다.

"나랑 같은 동아리에 거기 출신이 있었던 것 같은데."

육상부 소속인 미카즈키의 말에 내가 되물었다.

“개 이름이 뭔데?”

“카네코.”

‘카네코?’

내가 아는 녀석인가? 잠시 생각해 봤지만 기억이 나지 않았다. 아무래도 오래전 일이다 보니 기억이 가물가물했다.

“고토, 너네 집도 그쪽 아냐?”

미카즈키가 묻자 고토가 고개를 끄덕였다.

“맞아. 하지만 난 중학교 때 이사 왔으니까.”

그 말을 듣고 나는 반가운 마음에 입을 열었다.

“그럼 고토네 집도 가깝다는 말이네? 어딘데?”

“음… 국립병원 어딘지 알아? 그 근처야.”

국립병원은 상점가를 빠져나가 큰길을 따라 걷다 보면 나왔다. 예전에 우리 가족이 살던 곳은 거기서 조금 더 가야 했다.

“우리 집이랑 가깝네.”

“그래? 히로시 넌 어디 사는데?”

“상점가 한가운데. 비디오 대여점 근처에 있는 하이츠 그린 홈이라는 빌라야. 비디오 대여점이랑 편의점 사이 골목으로 들어가면 나오는데 어딘지 알겠어?”

내가 묻자 고토가 애매한 표정을 지었다.

"왜 그래?"

한 번 더 묻자 고토는 다른 아이들과 눈짓을 주고받았다.

"…너 거기 살아? 가족들이랑?"

"아니, 나 혼자."

잠시 의미심장한 침묵이 흘렀다.

"뭔데?"

나는 주위에 있던 녀석들을 돌아보았다. 고토는 어색한 웃음을 지으며 어깨를 으쓱해 보였다.

"아니, 별건 아닌데… 거기 꽤 유명하거든."

"왜?"

"나온다고."

처음에는 무슨 말인가 싶었다. 이어서 피식 헛웃음이 나왔다.

"나온다니? 귀신이?"

고토도 웃음을 참으며 대답했다.

"진짜인지 아닌지는 모르겠지만 아무튼 유명해. 이 동네 명소랄까."

"흐음…."

지금까지 살면서 말로 설명할 수 없는 무언가를 느껴 본 적이 단 한 번도 없는 나는 당연히 귀신의 존재도 믿지 않았다. 바보 같은 소문이라고 웃어넘기려 했지만 문득 이사

와서부터 계속 내 주위를 맴도는 불쾌한 느낌이 생각났다.
"어때? 진짜 나올 것 같아?"
키무라가 물었다. 나는 고개를 저었다.
"전혀. 건물도 나름 깨끗해. 단지…."
말을 망설이자 호기심에 찬 시선들이 일제히 내 쪽으로 쏠렸다.
"건물 앞 골목이 어두컴컴하고, 사는 사람들도 하나같이 인상이 별로라서 지내기가 그리 쾌적하지는 않아."
대답을 하면서 스스로도 당황스러웠다. 이사는 많이 다녀봤지만 이런 느낌은 처음이었다.
— 가능한 한 빨리 나가는 게 좋을 거야.
이즈미가 내게 한 말. 그게 혹시 이 소문과 관계가 있는 걸까.
나는 잠시 생각한 후 속으로 고개를 저었다.
이사 온 후 줄곧 기분이 나쁜 건 사실이다. 하지만 하이츠 그린 홈이 기분 나쁘게 느껴지는 건 귀신 때문이 아니었다.
정말로 기분 나쁜 건 귀신이 아니라 사람이었다. 같은 빌라에 사는 사람들, 그리고 내게 장난을 치는 범인, 혹은 범인들….

❖

그날 학교에서 돌아오자 또 무기명 편지가 와 있었다. 어제와 마찬가지로 흰 봉투에 아무것도 적혀 있지 않은 편지지. 검붉은 지문이 묻은 위치까지 똑같았다.

이틀 연속 같은 편지를 보냈다는 건 어쩌다 실수로 편지지를 잘못 넣은 것은 아니라는 말이었다. 장난 전화도 편지도 모두 정확히 나를 노린 것이었다. 하지만 대체 왜?

범인은 왜 이런 짓을 하는 걸까.

나오코 아줌마가 보낸 편지를 열어 본 사람, 이 편지를 보낸 사람, 장난 전화를 건 사람이 모두 동일인일까? 아니면 다 다른 사람일까?

생각해 보니 이것 하나만은 분명한 것 같았다.

누구인지는 모르겠지만 아무튼 사람이 한 짓이라는 것.

나는 편지를 구겨서 홀에 놓인 쓰레기통에 버렸다. 내 방으로 가려고 계단 쪽으로 돌아선 순간, 멈칫했다.

마치 계단에 카펫이 깔려 있는 것 같았다. 아주 커다란 노란색 카펫이.

나는 노란색 분필 선을 밟으며 2층으로 올라갔다. 제일 아래 단부터 모든 계단에 빼곡하게 낙서가 되어 있었다. 계단참을 돌아 2층을 올려다보았다.

나는 흠칫 몸을 떨었다.

2층 계단 앞에 남자아이가 쪼그리고 앉아 있었다. 이쪽을 등지고 있어서 얼굴은 보이지 않았다. 아이는 엉덩이까지 덮는 기다란 노란색 원복을 입고 있었다.

2층과 3층 계단 앞에는 약간의 공간이 있었다. 조심스레 계단을 올라가 보니 아이는 그곳에 쪼그려 앉아 노란색 분필로 열심히 그림을 그리고 있었다.

주위가 온통 샛노랗게 칠해져 있었다.

아이가 그린 낙서는 한쪽 벽에서 맞은편 벽까지—정확히 말하자면 맞은편은 벽이 아니라 콘크리트로 된 난간이었지만—바닥 전체를 완전히 뒤덮고 있었다.

아이는 2층 복도 쪽을 향해 앉아 있었다. 아무래도 이 노란색 카펫을 2층 복도 전체로 넓혀 나갈 생각인 듯했다.

나는 2층까지 올라가서 걸음을 멈췄다. 그리고 발아래 놓인 그림을 유심히 들여다보았다.

선과 선이 어지럽게 겹쳐서 정확히 분간이 가지는 않았지만 아주 많은 사람이 그려져 있다는 건 알 수 있었다.

어린아이가 열심히 그린 서투른 사람 형상을 보고 흐뭇한 미소를 지으려던 찰나에 나도 모르게 뺨이 딱딱하게 굳었다. 바닥에 그려진 것은 그냥 사람이 아니었다.

어떤 사람은 팔이 없었다. 팔 대신 어깨에서 사방으로

거친 선들이 뻗어 있었다. 노란색이라서 바로 알아보지 못했지만 아마도 피가 뿜어져 나오는 모습을 표현한 듯했다. 그 사람은 괴로운 듯 표정을 잔뜩 찡그린 채 다른 쪽 팔을 머리 위로 들고 있었다.

다른 사람은 다리가 없고, 또 다른 사람은 몸통의 절반이 없었다. 잘린 목과 다리, 팔 등이 피를 뿜으며 여기저기 나뒹굴고 있었다.

'이건….'

사람 위에 자동차와 열차가 겹쳐서 그려진 부분도 있었다. 바퀴 아래에 절단된 팔이 굴러다녔다.

칼이나 몽둥이를 든 사람도 있었다. 그 사람들도 어딘가 피를 흘리고 있었다.

다양한 형태로 피를 토해 내는 사람들이 층층이 겹쳐 그려져 있었다. 겹친 선들이 바닥을 완전히 노랗게 물들일 때까지. 빈 공간은 거의 없었다.

나는 참을 수 없는 불쾌함과 혐오감에 눈썹을 찌푸리며 복도에 쪼그려 앉은 아이를 내려다보았다. 아이는 자기만의 세상에 빠져서 일사불란하게 분필을 움직이고 있었다.

발걸음을 내딛는 데에는 용기가 필요했다. 나는 신발로 수많은 시체를 짓밟으며 아이에게 다가갔다. 내가 가까이 가도 아이는 고개를 들지 않았다. 등 뒤에서 넘겨다보니 노란 분필을 쥔 손으로 열심히 그림을 그리고 있었다.

지금 그리고 있는 것은 팔이었다.

고무 인형처럼 휘어진 팔에 사람 머리가 들려 있었다. 잘린 머리에서 분수처럼 피가 솟구쳤다.

머리를 들고 있는 사람의 발치에 다른 사람이 누워 있었다. 그 사람에게는 머리가 없었다. 머리를 쥔 사람(살인자?)의 반대쪽 손에는 식칼 같아 보이는 물체가 들려 있었다. 살인자의 복부에도 칼이 꽂혀 있었고, 그 부분에서 피가 흘러나왔다.

아이에게 왜 이런 그림을 그리고 있느냐고 물어보고 싶었다. 하지만 도저히 입이 떨어지지 않았다.

나는 그대로 뒤돌아서 단숨에 3층까지 뛰어 올라갔다.

아이에게서 도망치듯 서둘러 방으로 돌아왔다. 좁은 현관으로 뛰어들어 문을 잠근 후에야 겨우 숨을 돌릴 수 있었다.

'여기 사는 아이일까?'

저 아이도 이곳 하이츠 그린 홈의 주민인 걸까? 7호실에 사는 카가와 씨 부부에게는 갓난아이가 있었다. 그렇다면 다른 집에 어린아이가 산다고 해도 이상할 건 없었다.

하지만 그 그림은 정상이 아니었다. 그런 그림을 미친 듯이 집중해서 그리는 아이도 정상은 아니었다.

등골이 오싹해서 기분 나쁜 생각을 떨쳐 버리려고 머리를 힘껏 저었다. 그러자 기다렸다는 듯 전화벨이 울렸다.

나는 잠시 망설이다가 부재중 메시지가 흘러나오기 전에 수화기를 집어 들었다.

역시나 상대방은 아무 말도 하지 않았다. 정체를 알 수 없는 소리만 뜨문뜨문 들려올 뿐이었다.

나는 한마디도 하지 않고 전화를 끊었다.

수화기를 내려놓은 순간, 전화기 너머에서 들린 소리가 무언가 액체가 떨어지는 소리라는 사실을 깨달았다.

'물소리?'

장난 전화에서 들려오는 소리는 어딘가 딱딱한 곳에 물방울이 떨어지면서 나는 소리였다.

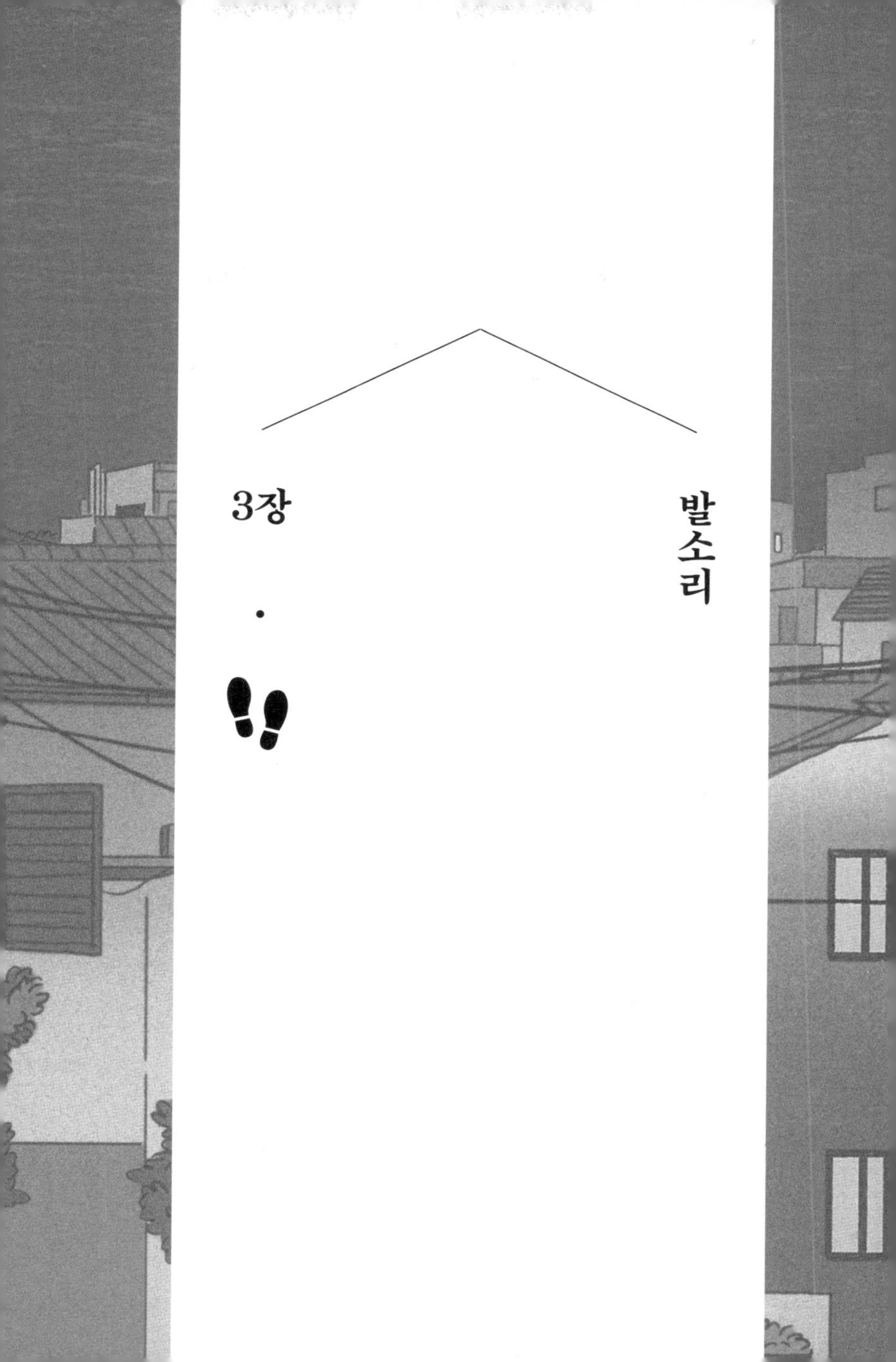

3장 · 발소리

3장

•

발소리

다음 날, 학교에서 돌아오자 우편함에 편지가 들어 있었다.

우표가 없다. 주소도 없다. 보낸 사람 이름도 없다.

나는 봉투를 대충 살펴보고 그대로 쓰레기통에 던져 넣었다.

언제까지 이런 장난에 휘둘릴 수는 없었다. 이런 건 내가 신경 안 쓰면 그만이다. 그렇게 마음먹고 방으로 돌아가려고 몸을 돌리자 계단 앞에 이즈미가 서 있었다.

이즈미는 내게 웃으며 손을 들어 인사했다.

"안녕. 학교는 어땠어?"

"…딱히 별거 없었어."

나는 시큰둥하게 대답했다.

상관하지 말자. 백지 편지도, 장난 전화도, 이 녀석도.

다시금 결심을 되새기며 2층으로 올라가려다가 나는 문득 걸음을 멈췄다.

"이즈미 넌 어느 고등학교야?"

이즈미는 잠시 복잡한 표정을 지었다. 그러고는 이내 알 수 없는 미소를 띠며 대답했다.

"너랑 같은 학교일지도 모르겠다."

'재수 없는 자식….'

장난 같은 대답에 짜증이 났지만 더 이상 말을 섞고 싶지 않았다. 이즈미를 무시하고 계단을 오르기 시작했다.

바로 옆을 지날 때 이즈미가 내게 말했다.

"히로시, 여기서 빨리 나가도록 해."

나는 고개를 돌려 이즈미를 노려보았다. 무시하고 싶었지만 도저히 그냥 넘길 수가 없었다.

"뭐야. 왜 그러는데?"

"아니, 그냥…. 아무래도 히로시를 마음에 들어 하는 것 같으니까."

"누가?"

내가 따지듯 묻자 이즈미는 난감한 표정으로 고개를 떨구었다. 한참을 기다렸지만 이즈미는 아무 말도 하지 않았다.

"무슨 생각인지 모르겠지만 그런 식으로 날 괴롭혀 봤자 소용없어."

갑자기 편지도 전화도 모두 이 녀석이 한 짓이 틀림없다는 확신이 들었다.

"…난 아니야."

이즈미는 계단 아래에서 나를 올려다보았다. 그 표정이 마치 필사적으로 매달리는 어린아이 같아서 더 짜증이 났다.

"아무래도 상관없지만 이상한 소리 좀 그만해."

"정말로 내가 한 게 아니야."

올려다보는 시선을 무시한 채 나는 계단을 올라갔다. 이즈미가 나를 계속 쳐다보고 있다는 건 알았지만 일부러 모른 척했다.

'음침한 자식….'

'기분 나빠….'

계단은 관리인 아저씨가 청소했는지 원래의 아이보리색으로 돌아와 있었다.

'아저씨도 낙서 지우느라 힘드시겠다.'

2층에 도착해서 무심코 시선을 돌린 나는 그 자리에 멈춰 섰다. 계단 바로 앞 바닥은 멀쩡했다. 어제 남자아이가 앉아 있던 주변도 깨끗했다.

하지만 그 너머, 2층 복도가 샛노랗게 칠해져 있었다.

❖

2층 복도가 시작되는 부분부터 복도 양옆으로 꽉 차게 삐뚤빼뚤 그려진 노란색 낙서가 5호실 앞, 그러니까 복도 중간쯤까지 이어져 있었다. 쭉 뻗은 복도에는 아무도 없었다. 아이는 벌써 돌아간 걸까.

나는 낙서를 따라가 보았다. 끔찍한 지옥도를 천천히 밟고 나아가 이윽고 5호실 앞에 도착했다. 5호실 문패에는 '타카무라'라고 적혀 있었다. 5호실 현관문 바로 앞에서 낙서가 끊겨 있었다.

한 덩어리로 뭉쳐진 낙서 중에서 딱 하나 삐져나온 그림이 있었다. 시체 하나가 문 앞에 덩그러니 그려져 있었다. 그것만 다른 그림들과 겹쳐 있지 않아서 눈에 확 들어왔다.

트럭이 있고, 트럭 짐칸 위로 한 사람이 상체를 내밀고 있었다. 그 사람은 깜짝 놀란 듯, 혹은 누군가에게 도움을 요청하듯 두 팔을 번쩍 들고 있었고, 짐칸에 가려진 부분에서 사방으로 피가 뿜어져 나오고 있었다.

사고 현장을 그린 그림이라는 건 한눈에 알아볼 수 있었다.

'그런데 왜 짐칸 위에 사람이 있지?'

그것도 상반신만. 트럭 짐칸에 선루프가 달려 있지는 않을 텐데.

곰곰이 생각하며 그림을 쳐다보던 나는 불현듯 깨달았다.

'위에서 본 그림이구나.'

옆으로 쓰러진 트럭과 트럭에 깔려 죽은 사람.

서툰 그림 실력 때문에 사고 현장의 복잡함이 더욱 부각되었다. 복잡한 죽음의 현장을 그림으로 표현하고자 하는 발상과 그것을 실제로 표현해 낸 삐뚤빼뚤한 노란색 분필선. 인지와 실력의 부조화가 참을 수 없이 그로테스크하게 느껴졌다.

한참을 그렇게 넋을 잃고 서 있는데 갑자기 누가 내 팔을 확 낚아챘다.

"얘!"

화려한 옷차림에 짙은 화장을 한 젊은 여자였다. 여자는 내 팔을 끌어당겨 자기 쪽을 보게 한 뒤 두 눈을 치켜뜨고 나를 매섭게 노려보았다.

"이 그림 네가 그린 거지? 이게 무슨 짓이니, 대체!"

"제가 한 게 아니에요."

당황해서 손을 내저으며 부정했지만 여자는 내가 하는

말은 들으려고 하지도 않았다.

"이런 섬뜩한 그림을 잘도…. 재수 없게. 당장 지워!"

여자의 앙칼진 목소리에 나도 화가 나서 힘껏 팔을 뿌리쳤다.

"내가 한 거 아니라니까요."

그 순간 여자가 내 따귀를 때렸다. 갑작스러운 일에 피할 생각조차 하지 못했다. 난데없이 뺨을 얻어맞은 나는 할 말을 잃었다. 지금 내 눈앞에 있는 여자가 왜 이렇게 히스테릭한 반응을 보이는지 이해할 수가 없었다.

"당장 지워! 지우라고!"

여자는 신경질적으로 소리를 질렀다. 마치 떼쓰는 어린 아이처럼 발을 쾅쾅 굴렀다. 나는 어안이 벙벙해서 눈을 동그랗게 뜨고 여자를 쳐다보았다.

누군가 이쪽으로 뛰어오는 발소리가 들렸다.

"타카무라 씨?"

관리인 노자키 아저씨였다.

"타카무라 씨, 무슨 일입니까?"

여자는 길길이 날뛰며 당장 지우라는 말만 반복했다. 나는 그 자리에 못 박힌 듯 가만히 서서 '아, 이 여자가 5호실 주인이구나' 하고 멍하니 생각했다.

노자키 씨는 이쪽으로 달려와서 바닥의 낙서를 보고 깜

짝 놀라 한 발 물러섰다.

"이건…."

아저씨는 조심스럽게 복도 바닥을 살폈다. 타카무라 씨는 노자키 씨의 멱살을 움켜잡고 소리쳤다.

"이 녀석이 그렸어요! 당장 지우라고 하세요!"

"나 아니라고요!"

노자키 아저씨는 타카무라 씨에게 멱살을 잡힌 채 이리저리 흔들리며 나를 향해 참으라는 듯 손짓해 보였다. 그리고 타카무라 씨의 어깨를 두드리며 말했다.

"그냥 장난이에요. 그리고 이 아이가 한 짓은 아닙니다. 이사 온 지 얼마 안 됐거든요."

타카무라 씨는 비명을 질렀다. 우는 것 같았다.

우두커니 서서 그 모습을 바라보던 나에게 노자키 씨가 손짓했다. 눈으로 계단을 가리키며 입술을 움직여서 어서 가라고 말했다.

그제야 다리가 움직였다. 나는 아저씨한테 꾸벅 인사하고, 지금 당장 낙서를 지우라며 고래고래 소리 지르는 타카무라 씨를 한 번 더 쳐다본 다음 조용히 자리를 피했다.

3층으로 올라가 내 방에 들어갈 때까지 타카무라 씨의 고함 소리는 멈추지 않았다.

❖

나는 방으로 돌아와 뺨을 만져 보았다. 욕실 세면대 거울로 확인하니 빨갛게 부어올라 있었다.

'정상이 아니야….'

물론 기분 나쁜 그림이기는 하지만 그래 봤자 고작 낙서 아닌가. 그걸 가지고 그렇게 난리를 친다는 게 이해가 가지 않았다.

억울한 마음에 답답하고 숨이 막혀서 욕실에서 나와 창문을 열었다. 신사를 보는 게 싫어서 커튼은 닫아 둔 채 손을 커튼 뒤로 넣어 창문만 열었다.

— 이 아이가 한 짓은 아닙니다.

그래, 내가 한 짓이 아니다. 범인은 어제 본 그 남자아이다.

— 이사 온 지 얼마 안 됐거든요.

뒷부분은 무슨 의미인지 알 수 없었다.

— 또 그려 놨네요.

— 한동안 잠잠하더니.

언젠가 빌라 주민이 이런 말을 하지 않았던가.

어쩌면 낙서 사건은 내가 이사 오기 전에도 있었던 게 아닐까. 그것도 꽤 자주.

아무리 생각해 본들 답을 얻을 수 있을 리가 없었다. 타카무라 씨가 왜 그렇게 흥분했는지 그 이유조차 짐작이 가지 않았다.

나는 포기하고 그 자리에 벌러덩 드러누웠다.

이 건물에서 느껴지는 불길한 기운.

개봉된 편지, 백지 편지, 장난 전화.

바닥에 낙서하는 아이.

각각은 아무 상관 없어 보이기도 하고, 그런가 하면 서로 깊이 연관되어 있는 것 같기도 했다.

— 거기 꽤 유명하거든.

문득 같은 반 친구인 고토가 한 말이 생각났다.

— 나온다고.

나는 쓴웃음을 지으며 고개를 저었다.

어딘지 모르게 기분 나쁜 장소인 건 맞지만 그렇다고 해서 귀신이 나오는 건 아니었다. 그것만은 확실했다.

어쩌면 이 빌라 주민 중에 엄청난 악의를 가진 사람이 있을지도 모른다는 것.

단지 그것뿐이었다.

나도 모르는 사이에 잠이 들었는지 눈을 떠 보니 사방이 어두컴컴했다. 닫힌 커튼 너머로 열린 창문을 통해 쌀쌀한 바람이 불어 들어왔다. 시계를 보니 저녁 먹을 시간이 지나 있었다.

가게 문 닫기 전에 저녁을 해결하려고 방을 나섰다. 현관문을 열고 나가자 옆집 문 열리는 소리가 들렸다. 8호실 오오바야시 씨 집에 여자가 들어가고 있었다. 중성적인 인상에 개성이 강해 보이는 여자였다.

여자가 들어올 수 있도록 안쪽에서 문을 잡고 서 있던 오오바야시 씨가 고개를 들었다. 눈이 마주쳐서 인사를 하자 오오바야시 씨는 나를 노려보았다. 악의에 찬 눈빛이었다.

계단을 내려오니 2층 바닥의 낙서는 깨끗하게 사라져 있었다.

저녁을 먹고 편의점에서 잡지를 보고 있는데 누가 내 어깨를 두드렸다.

"히로시?"

뒤를 돌아보니 고토였다.

"아, 안녕."

"뭐 해?"

고토가 고개를 쑥 내밀어 내가 든 잡지를 들여다봤다. 나는 잡담할 기분이 아니었다. 그래서 고토의 시선을 차단

하듯 보고 있던 만화 잡지를 덮고 옆에 내려놓은 편의점 비닐봉지를 집어 들었다.

고토가 멋쩍은 듯 머리를 긁적이며 말했다.

"혹시 나 때문에 화났어?"

"무슨 소리야?"

"아까 낮에 내가 한 말. 괜히 신경 쓰이게 만들었나 싶어서."

진심으로 미안해하는 모습에 나는 고개를 저었다. 잡지를 매대에 돌려놓으며 어쩌면 방금 내가 반사적으로 고토를 피하려고 했던 건 그것 때문이었는지도 모르겠다는 생각이 들었다.

"아니야. 나 그런 거 안 믿어."

내가 웃으며 대답하자 고토는 어색한 듯 부끄러운 듯 복잡한 미소를 지었다.

"그래? 난 좋아하는데."

"응?"

의외의 대답에 내가 당황해하자 고토는 겸연쩍게 웃었다. 그러고는 자못 중요한 이야기라도 하는 것처럼 표정이 진지해졌다.

"히로시 너, 혼자서 무섭지 않아?"

나는 고개를 저었다. 악질적인 장난과 음침한 분위기, 기분 나쁜 이웃들은 일단 잊기로 했다.

"혼자 사니까 좀 심심하긴 하지만 나쁘지 않아. 공부하라고 잔소리하는 사람도 없고."

"좋겠다."

고토의 말투에서 부러움이 묻어났다. 고토가 내 쪽으로 슬며시 몸을 숙이며 말했다.

"있잖아, 잠깐만 들어가 봐도 돼?"

"어디를?"

나는 잠시 어리둥절했지만 곧 무슨 말인지 알아차렸다.

"아, 우리 빌라? 그래. 커피 정도는 대접할 수 있어."

고토는 빌라 앞 골목에 접어들었을 때부터 잔뜩 흥분해서 연신 주위를 두리번거렸다. 그러다가 뭐가 보이기만 하면 아무것도 아닌 걸 가지고 호들갑을 떨었다. 무서워한다기보다는 오히려 좋아하는 것 같았다. 드디어 동네의 숨은 명소를 방문하게 되었다는 사실이 기뻐서 어쩔 줄 모르겠다는 표정이었다.

빌라 안으로 들어가 계단을 올라가면서는 "예상외로 평범하네"라는 말을 연발했고, 방에 도착하자 이번에는 내

자취 생활을 부러워했다.

"깨끗하네. 생각보다 좁지도 않고."

고토가 방 안을 둘러보며 말했다. 사실 그다지 넓은 편은 아니었지만 자리를 차지하는 침대가 없는 데다가 다른 짐도 거의 없다 보니 결과적으로 넓어 보이기는 했다.

인스턴트 커피를 타서 내놓자 고토가 바로 손을 뻗었다. 컵을 두 개 사 놓길 잘했다는 생각이 들었다.

"진짜 좋겠다. 가족이 아무 때나 함부로 들어올 일도 없고, 이게 오롯이 다 나 혼자만의 공간인 거잖아."

"그렇지 뭐."

"근데 완전 평범하네."

고토의 애석해하는 표정과 말투가 웃겼다.

"그래서 내가 말했잖아. 이상한 소리가 나는 것도 아니고 천장에 이상한 얼룩도 없어. 참고로 가위에 눌린 적도 없고."

내 말에 고토는 뚱한 얼굴로 반박했다.

"그냥 히로시 네가 둔한 걸 수도 있잖아."

"뭐 그럴 수도 있고."

불행인지 다행인지 나는 아직까지 살면서 귀신을 본 적이 단 한 번도 없었다.

"여기가 진짜 그렇게 유명해?"

내가 묻자 고토는 고개를 끄덕였다.

"중학교 때 이 동네로 이사 오자마자 제일 먼저 들은 말이 그거였어. 귀신 나오는 집이 있다고. …이런 말 들으면 기분 나쁘지 않아?"

나는 대답 대신 어깨를 으쓱해 보였다.

"진짜로 본 사람이 있는지는 모르겠지만 실제로 여기서 죽은 사람이 꽤 된대. 이사 가는 사람도 많고. 사람이 자주 들고나는 걸로 유명해."

"어디까지나 소문인 거잖아."

"응, 소문에 따르면 꼬마 귀신이 나온대."

"…그래?"

적당히 흘려듣고 있었는데 꼬마 귀신이라는 말이 묘하게 인상에 남았다.

"우리 집이 이사 왔을 때는 여기가 '미도리장'이라는 이름의 빌라였거든. 그런데 건물이 별로 낡지도 않았는데 어느 날 갑자기 골조만 남기고 모조리 철거해 버리더니 새로 짓더라고. 사람이 자꾸 죽으니까 다들 이사 가 버리고 여기 살겠다는 사람이 없어서 새로 지은 거래."

미도리장(緑荘). 하이츠 그린 홈(Heights Green Home)….

"귀신이 얼마나 어린데?"

무심코 물어봤다.

"초등학생 정도 되는 남자아이래. 아이가 비명을 지르면서 복도를 뛰어다니는 모습을 본 사람이 있다더라."

"흐음, 그래?"

나도 모르게 안도의 한숨을 내쉬었다. 귀신은 유치원생도 아니고, 낙서와도 관계가 없었다. 괴담을 진지하게 받아들인 스스로가 바보 같았다.

"뭐야, 안 믿는 거냐?"

고토가 나를 가볍게 째려봤다. 나는 허둥지둥 손을 내저었다.

"아니, 그런 게 아니라…. 그보다 저쪽에 말이야."

나는 창문 쪽을 가리키며 고토에게 물었다.

"신사가 있잖아. 저기에 얽힌 소문은 없어?"

고토가 눈을 끔뻑였다.

"여우 신사? 없을걸? 왜?"

나는 쓴웃음을 지었다.

"아니, 그냥. 귀신이 나온다면 빌라보다 신사가 더 어울리지 않나 싶어서."

내가 말하자 고토는 고개를 갸웃거렸다.

"그런가? 언덕 위쪽은 꽤 넓어서 공원처럼 되어 있거든. 저기서 미니 야구도 자주 했는데 귀신 나온다는 소문은 못 들었어."

"그래?"

이상한 일이었다. 고토의 말대로라면 저 신사는 이 동네 아이들의 좋은 놀이터라는 말인데 나는 왜 저쪽을 쳐다보기도 싫은 걸까.

고토는 자정이 되기 전에 돌아갔다. 가면서 오늘 밤 귀신 나올까 봐 무서워서 잠도 못 자는 거 아니냐고 놀리길래 바보 같은 소리 하지 말고 어서 가라고 등을 떠밀었다.

고토를 보낸 후 슬슬 자려고 하는데 갑자기 전화벨이 울렸다.

이불 속에서 책을 읽고 있던 나는 아차 싶었다.

아까 고토가 왔을 때 전화선을 왜 빼놓았냐고 해서 일단 다시 꽂아 두었던 것을 까먹고 있었다.

전화벨 소리는 알게 모르게 듣는 사람의 신경을 자극한다. 그냥 울리도록 내버려 둘까 싶기도 했지만 나는 결국 참지 못하고 전화를 받았다. 잠자코 수화기를 귀에 가져다 댔다. '여보세요'라는 말조차 하고 싶지 않았다.

전화 상대방은 역시나 아무 말도 하지 않았다. 그래서 나도 가만히 기다리다가 그냥 전화를 끊었다. 수화기를 내려놓자마자 다시 전화벨이 울렸다. 한 번 더 수화기를 집어 들어 이번에는 전화기에 대고 짧게 내뱉었다.

"작작 좀 해라."

대답이 없었다. 물론 나도 상대방이 뭔가 반응을 보일 거라고는 기대하지 않았다. 전화기 너머에서는 여전히 물방울 떨어지는 소리가 났다.

내가 전화기를 내려놓으려고 한 순간.

상대방이 처음으로 말을 했다.

【…5일.】

'뭐라고?'

내가 뭐라고 하기도 전에 상대방은 목에 뭐가 걸린 듯한 이상한 소리를 내며 웃더니 그대로 전화를 끊어 버렸다. 남자 목소리인지 여자 목소리인지 분간이 가지 않았고, 나이대도 감이 오지 않았다. 굉장히 듣기에 거슬리는, 잔뜩 갈라진 쉰 목소리였다.

"5일…?"

나는 고개를 돌려 달력을 확인했다. 오늘은 9월 27일이었다. 다음 달 5일을 말하는 건가? 아니면 5일 후라는 뜻인가? 5일이 뭐 어쨌다는 걸까.

무언 전화에는 익숙해졌는데 오히려 상대방이 말을 했다는 사실에 나는 크게 동요했다.

5일의 의미에 대해 생각하느라 그날 밤은 결국 한숨도 자지 못했다.

❖

다음 날 점심시간, 평소와 다름없이 고토를 비롯한 다른 친구들과 교실 한구석에 모여 있는데 미카즈키가 처음 보는 녀석을 데려왔다.

"히로시, 얘가 카네코야."

'카네코?'

내가 이미 들어서 알고 있는 사람을 소개하는 듯한 말투였다. 처음에는 어리둥절했는데 그러고 보니 미카즈키가 자기네 동아리에 나와 같은 초등학교를 나온 사람이 있다고 말했던 기억이 났다.

같은 초등학교를 다녔다면 같은 반이었을 가능성도 있었다. 일말의 기대를 안고 카네코라는 녀석의 얼굴을 찬찬히 뜯어보았지만 전혀 모르는 얼굴이었다. 기억이 안 나는 건 피차 마찬가지인지 카네코도 나를 보며 고개를 갸우뚱했다.

미카즈키는 딱히 카네코와 나를 만나게 하려고 한 게 아니라 그냥 점심이나 같이 먹자고 데려온 것이었는지 이름만 알려 주고는 평소처럼 자기가 가져온 빵을 먹으며 잡담을 늘어놓기 시작했다.

모두와 함께 이야기를 나누면서도 나는 자꾸만 카네코

쪽으로 눈길이 갔다.

카네코는 인상이 별로였다. 구체적으로 어디가 어떻게 마음에 안 든다는 게 아니라 그냥 나랑은 잘 안 맞는 것 같았다. 그래서 굳이 내가 먼저 말을 걸지는 않았고, 카네코도 때때로 내 쪽을 흘깃흘깃 쳐다볼 뿐 내게 말을 붙일 생각은 없어 보였다. 우리는 그렇게 서로 한마디도 하지 않고 점심 식사를 마쳤다.

"그러고 보니 그때 히로시랑 같은 초등학교 출신이라고 했던 게 카네코 아니었나?"

키무라가 갑자기 생각났다는 듯 말하자 카네코가 고개를 끄덕였다.

"그런 것 같더라. 히로시라고 했지? 넌 몇 반이었는데?"

"3학년… 몇 반이었더라…."

너무 전학을 많이 다녀서 기억이 뒤죽박죽이었다.

"담임이 음악이었던 건 기억나는데. 젊은 여자 선생님."

말하면서 문득 머릿속에 그 선생님의 얼굴이 선명하게 떠올랐다. 얼굴이 갸름하고 예쁜 선생님이었다. 어째서인지 고개를 숙인 채 울고 있는 모습이 생생하게 기억났다.

카네코가 내 말을 듣고 놀란 표정을 지었다.

"타키 선생님?"

"아, 맞다. 그래, 타키 선생님."

"3학년 때 타키 선생님이 담임이었다고? 그럼 나랑 같은 반이었다는 말인데?"

생각지도 못한 말에 깜짝 놀랐다.

"정말? 미안, 난 기억이 안 나."

"그건 나도 마찬가지야. 너, 히로시라고 했지?"

"응."

카네코는 내 이름을 몇 번 중얼거리며 무언가를 곰곰이 생각하는 듯하더니 갑자기 고개를 번쩍 들었다.

"생각났다!"

"정말?"

"나 모르겠어? 같이 토끼 당번 한 적 있었는데."

'토끼 당번?'

"그때 토끼가 무슨 병에 걸려서 당번들끼리 돌아가며 집에 데려가서 돌봤잖아."

나는 기억을 더듬어 보았다. 그러고 보니 그런 일이 있었던 것도 같았다. 전체가 다 하얗지는 않고 흰색 바탕에 검은색 반점이 있는 점박이 토끼였다. 학교 건물 뒤쪽에 있는 커다란 우리에서 닭이랑 참새와 함께 사육하고 있었다. 토끼 당번의 역할은 그 동물들을 돌보는 것이었다.

'카네?'

기억 속 어린아이의 얼굴과 카네코의 얼굴이 겹쳐 보였

다. 다시 보니 카네코는 덩치만 커졌을 뿐 얼굴은 거의 그대로였다.

"카네? 너 카네 맞지?"

"그래! 히로시 너 하나도 안 변했다."

"넌 엄청 컸네."

초등학교 때는 모두가 카네코를 카네라고 불렀다. 나랑은 아주 친한 건 아니었지만 그래도 종종 같이 어울려 놀곤 했다.

다들 집이 멀리 떨어져 있어서 밖에서 놀 때는 주로 변경에서 만났다. 변경은 아이들 사이에서 통학 구역 끄트머리를 지칭하는 말이었다. 당시 변경 일대는 대부분 논밭이나 공터였고, 나무와 수풀이 우거진 비밀의 숲이….

거기까지 생각이 미쳤을 때, 돌연 말로 설명하기 어려운 강한 불쾌감이 나를 엄습했다.

갑자기 왜 이러는 걸까. 빌라 앞 골목이나 신사에서 느껴지는 기운과 비슷했다. 아니, 그것보다 훨씬 더 강렬했다. 뭔지 모르겠지만 아무튼 굉장히 꺼림칙한 느낌.

나도 모르게 표정이 심각해졌는지 카네코뿐만 아니라 주위에 있던 모두가 고개를 돌려 나를 쳐다보았다.

나는 카네코를 보았다. 카네코는 나를 보았다. 카네코의 시선에서 무언가 부정적인 감정이 느껴졌다.

정확히 기억나지는 않지만 어쩌면 과거에 카네코와 싸웠던 게 아닐까. 그것도 그냥 평범한 싸움이 아니라 뒷맛이 아주 안 좋은 싸움을 했던 게 아닐까.

'만나고 싶지 않았는데.'

문득 그런 생각이 들었다. 두 번 다시 만나고 싶지 않았던 사람과 예기치 않게 맞닥뜨린 기분이었다.

카네코는 갑자기 정색을 하고 내게서 고개를 돌렸다. 나도 시선을 피했다.

기억은 나지 않았다. 하지만 나는 확신할 수 있었다. 카네코와 나는 원래 친했지만 어떤 일을 계기로 사이가 완전히 틀어져 버린 것이 분명했다. 서로 두 번 다시 마주치고 싶지 않다고 생각할 정도로.

카네코가 자리에서 일어나더니 슬쩍 손을 들어 보였다.

"간다."

그러고는 자기네 교실로 돌아가 버렸다. 카네코도 나를 거북해하는 것이 느껴졌다.

멀어져 가는 카네코의 뒷모습을 바라보며 나는 한 가지 사실을 더 기억해 냈다.

빌라와 신사가 위치한 장소는 과거 우리가 변경이라고 불렀던 바로 그 일대라는 것을.

❖

학교가 끝나고 집으로 오는 길에 차도를 따라 터벅터벅 걸으며 생각했다.

초등학교 3학년 때. 2반 아니면 4반이었던 것 같다. 담임은 타키 선생님, 담당 과목은 음악. 같은 반에는 카네가 있었고….

반 친구들의 얼굴과 이름, 함께 한 놀이, 학교 행사. 자세히는 기억나지 않지만 어렴풋한 이미지는 남아 있었다. 항상 붙어 다니는 친구들이 있었고, 방과 후에는 주로 변경에서 놀았다. 다들 사이는 좋았지만 지금 생각하면 카네코를 비롯해 모두 재수 없는 녀석들이었던 것 같다.

정확히는 기억나지 않지만….

정신을 차리고 보니 신사가 있는 언덕 근처였다.

도로는 언덕을 빙 둘러싼 형태로 나 있었다. 나는 언덕 기슭까지 와서 위쪽을 올려다보았다.

'여기가 변경이라면….'

시선을 들어 언덕의 형태를 찬찬히 뜯어보았다.

'여기 왔던 적이 있지 않을까?'

이렇게 놀기 좋은 장소를 아이들이 그냥 내버려 둘 리

없었다. 이곳에서 느껴지는 묘한 기운은 아이들의 호기심을 자극하기에 충분했다. 과거의 기억을 끄집어내려고 애써 보았지만 신사에 대해서는 전혀 기억나는 바가 없었다.

언덕에는 수목이 울창하게 우거져 있었다. 어딘지 모르게 황폐한 분위기가 감돌아서 산책에는 적합하지 않아 보였다.

나는 문득 걸음을 멈추었다. 도로에서 언덕 쪽으로 좁은 길이 나 있었다. 그 길 너머에는 신사로 가는 돌계단이 보였다. 두세 명의 아이들이 장난치며 계단을 뛰어 올라가고 있었다.

아이들을 따라 나도 계단 아래까지 가 보았다.

낡은 계단은 경사진 언덕 위로 구불구불 뻗어 있었다. 언덕 꼭대기는 보이지 않았다. 계단 입구에 여우 모양을 한 석상과 색이 바랜 기둥이 세워져 있었다.

역시 이런 건 본 기억이 없었다.

기둥으로 둘러싸인 사각 프레임 안을 가득 채운 짙은 녹색과 그쪽을 향해 난 돌계단. 제멋대로 자란 나뭇가지가 사방으로 어지럽게 뻗어서 계단 위쪽 하늘을 완전히 덮고 있었다. 층층이 깔린 짙은 회색빛 돌들은 나무 그늘에 가려 어두운 녹회색으로 보였다. 마치 녹색 터널 같았다. 아니면 거대한 녹색 생명체의 내장 같아 보이기도 했다.

'괴물의 내장….'

나는 갑자기 패닉 상태에 빠졌다.

이유는 알 수 없었다. 덜컥 겁이 나서 곧바로 뒤로 돌아 허둥지둥 도로 쪽으로 도망쳐 나왔다. 부정적인 감정들이 꼬리에 꼬리를 물고 이어졌다.

뭔가 안 좋은 일이 일어날 것만 같은 예감, 말로 설명할 수 없는 기분 나쁜 느낌, 이곳에서 느껴지는 불안한 기운, 소름 끼치는 공포….

뒤도 돌아보지 않고 전속력으로 달렸다. 숨이 차고 다리가 후들거렸다. 나는 그대로 길바닥에 고꾸라졌다.

지나가던 사람들이 나를 돌아보았다. 이상한 눈으로 쳐다보는 게 느껴졌지만 도저히 일어날 수가 없었다.

바닥을 짚은 손과 무릎이 부들부들 떨렸다.

'왜 이러는 거야….'

대체 왜 이렇게 불쾌한 기분이 드는 건지 알 수가 없었다. 아무튼 싫었다. 이곳에 비하면 하이츠 그린 홈은 약과였다. 두 번 다시 신사에는 가까이 가고 싶지 않았다.

블랙홀처럼 정체불명의 무언가가 가슴을 꽉 틀어막고 무겁게 짓누르는 것만 같았다.

그것은 공포였고, 불길한 예감이었고, 이유를 알 수 없는 불쾌함이었고, 뿌리 깊은 혐오였고, 긴박한 불안감이었다.

나는 비틀거리며 일어나 뒤를 돌아보았다. 낮은 언덕이 저녁노을에 붉게 물든 하늘을 배경으로 짙은 녹색 그림자를 드리우고 있었다.

두 번 다시 가지 말아야지.

이제 절대로 저 언덕에는 가까이 가지 않을 것이다.

그렇게 다짐하는데 문득 언젠가 이것과 똑같은 결심을 했던 것 같다는 생각이 머리를 스쳤다.

지친 다리를 끌고 하이츠 그린 홈으로 돌아오자 골목 어귀에 아줌마 몇 명이 모여 있었다.

잠시만요, 하고 그 사이를 통과해 지나가자 아줌마들은 의미심장한 눈으로 나를 쳐다보았다.

'뭐지?'

뒤를 돌아보자 다들 어색하게 시선을 피했다.

'사람 기분 나쁘게….'

나는 속으로 투덜거리며 빌라 쪽으로 걸어 들어갔다.

빌라 안의 상황도 평소와 달랐다. 보통은 아무도 없는

홀에 오늘은 여자 셋이 둘러서서 이야기를 나누고 있었다. 지난번에 본 5호실 타카무라 씨의 모습은 보이지 않았다. 세 사람 중 내가 유일하게 아는 얼굴은 7호실에 사는 카가와 씨 부인이었다.

내가 꾸벅 고개를 숙이자 그들도 내게 인사했다. 그중 제일 나이가 많아 보이는 아줌마가 내 쪽으로 다가왔다.

"너 얼마 전 9호실에 이사 온 애 맞지?"

"네, 그런데요…."

나는 대답을 하면서 습관적으로 우편함을 돌아보았다. 안에 편지가 들어 있었다. 지금까지 몇 번이나 받았던 것과 같은 편지였다. 남들 보는 앞에서 버릴 수도 없는 노릇이라 일단 봉투를 접어서 교복 주머니에 넣었다.

"너도 어제 낙서를 봤다면서?"

여자가 불쑥 내게 물었다. 관리인 아저씨나 타카무라 씨한테 들은 모양이었다.

"네…."

'뭐지?'

"그 낙서를 타카무라 씨네 앞, 그러니까 5호실 앞에서 봤다고?"

나는 고개를 끄덕였다.

"네, 그런데요. 왜 그런 걸…"

나는 대답을 하다 말고 서둘러 덧붙였다.

"제가 한 게 아니에요."

여자는 손을 내저었다.

"그래, 알아. 그보다 어떤 그림이었는지 기억하니?"

나는 아줌마가 물어보는 대로 내가 본 낙서에 대해 설명했다. 어느샌가 다른 두 명도 옆에 와서 같이 듣고 있었다.

내가 말을 마치자 세 사람은 서로 눈짓을 주고받았다.

"역시…."

"우리도 이사를 가야 하나…."

"아무래도 뭐가 있긴 한 것 같은데…."

그러면서 자기들끼리 쑥덕거리기 시작했다.

"저… 왜 그러시는데요?"

내가 묻자 카가와 씨 부인이 대답했다.

"타카무라 씨가 죽었거든."

뭐?

내가 놀라서 더 물어보려고 하자 나이 많은 아줌마가 카가와 씨 부인을 팔꿈치로 쿡 찔러서 입을 다물게 했다. 아줌마들은 허둥지둥 1층 복도 안쪽으로 사라졌다.

'죽었다고?'

타카무라 씨는 한 번밖에 본 적이 없었다. 짧지만 인상적인, 최악의 만남이었다. 그런 사람이 죽었다는 사실에 어떻게 반응해야 할지 모르겠어서 당황스러웠다.

나는 찜찜한 기분을 안고 방으로 돌아갔다. 그러고는 아까 우편함에서 꺼낸 편지를 쓰레기통에 버렸다.

일련의 기묘한 일들의 의미를 알게 된 것은 다음 날 학교에서였다.

교실에 들어가자 고토가 기다렸다는 듯 내게 다가와 말을 걸었다.

"어제 너네 빌라에 사는 사람이 죽었다며?"

"응, 그런 것 같더라."

나는 고개를 끄덕였다. 고토가 내 쪽으로 몸을 숙이며 말했다.

"역시 뭐가 있는 게 아닐까? 이상하잖아."

"뭐가 이상한데?"

내가 되묻자 고토는 눈을 깜박였다.

"너 정확히 무슨 일이 있었는지 모르는구나?"

"응. 내 방엔 TV도 없고 신문도 안 보니까."

"여자가 죽었대."

고토는 주위를 의식해서인지 목소리를 낮추었다.

"뒤집힌 트럭에 깔려서."

❖

고토는 그날 하루 종일 뭔가 심상치 않다는 말만 반복했다.

그 말이 맞기는 했다.

전복된 트럭에 깔린다는 게 흔한 일은 아니니까. 하지만 진짜 문제는 그게 아니었다. 그보다 더 이상한 건 마치 사고를 예견한 듯한 그 낙서였다.

토요일은 오전 수업만 있었다. 나는 학교가 끝난 후 무거운 발걸음으로 하이츠 그린 홈으로 향했다. 사실은 돌아가고 싶지 않았다. 스스로 생각하기에도 이상할 정도로 그 건물이 무서웠다. 하지만 나는 거기 말고는 돌아갈 곳이 없었다. 거기가 내 집이었으니까.

골목에 접어들자 어김없이 강한 불쾌감이 몰려왔다. 집에 돌아왔다는 안도감 따위는 조금도 느낄 수 없었다.

'여긴 내 집이 아니야.'

집은 내가 안심할 수 있고, 나를 지켜줄 수 있는 곳이어야 했다.

'어디에도 내 집은 없어.'

가슴을 무겁게 짓누르는 상실감을 애써 외면하며 골목

을 빠르게 통과해 건물 안으로 들어선 나는 습관적으로 우편함을 확인했다.

편지가 두 통 들어 있었다.

한 통은 보내는 사람 이름도 없고, 우표도 붙어 있지 않았다. 다른 한 통은 봉투에 여자 글씨가 적혀 있었다. 오른쪽이 살짝 올라간 글씨체.

나는 한숨을 내쉬었다. 전화선처럼 우편함도 통째로 뽑아 버리고 싶었다.

"편지 왔어?"

갑자기 뒤에서 목소리가 들렸다. 나는 또 한 번 한숨을 내쉬었다.

무시하자. 이 녀석도, 전화도. 전부 다 완전히 무시해 버리자.

"히로시?"

내 이름을 부르는 소리에 울컥 짜증이 치밀어 올랐다. 나는 뒤를 돌아보았다. 계단 앞에 이즈미가 서 있었다.

"친한 척 이름 부르지 마."

내가 말하자 이즈미는 당황한 듯 고개를 숙이며 주눅 든 표정으로 한 발 뒤로 물러섰다.

"아… 역시 기분 나빴어?"

목소리가 너무 의기소침해서 내가 더 당황스러울 지경이

었다.

"우리가 그렇게 친한 사이도 아니잖아."

"이름으로 부르는 거 싫어?"

이즈미가 고개를 들어 나를 쳐다보았다. 강아지 같은 눈이었다.

'악의는 없는 것 같지만….'

"응, 싫어."

내가 대답하자 이즈미는 상처를 받은 것 같았다.

"그렇구나…. 친하지도 않은데 이름으로 부르면 역시 싫겠지…. 미안, 한번 불러 보고 싶었어. 싫으면 이제 안 그럴게."

그러니까 화내지 마, 하고 금방이라도 울 것만 같은 얼굴로 말했다. 비유가 아니라 정말로 두 눈에 눈물이 그렁그렁했다.

'이 녀석, 어디 나사가 하나 빠진 거 아냐?'

이즈미가 왜 이렇게까지 과하게 반응하는지 도무지 이해할 수가 없었다.

그냥 상대하지 말아야겠다고 마음먹고 계단을 올라갔다. 옆을 지나치려는데 이즈미가 내 팔을 붙잡았다.

"뭐야?"

스스로 생각하기에도 강한 불쾌함이 묻어나는 목소리였다. 이즈미는 불에 데기라도 한 듯 황급히 손을 놓았다.

"아, 저… 이사… 안 갈 거야?"

그 말을 들은 순간, 나는 들고 있던 가방을 바닥에 집어 던졌다.

"작작 좀 해!"

내가 버럭 소리를 지르자 이즈미는 겁에 질린 표정으로 어깨를 움츠렸다.

"대체 뭘 어쩌자는 거야? 그렇게 날 여기서 내쫓고 싶어? 내보내고 싶으면 괜히 장난질 치지 말고 그냥 나가라고 말을 해!"

기분 나쁜 장난도, 불쾌한 기분도, 이웃의 죽음도, 전부 이 녀석 때문이라는 생각이 들었다. 나라고 좋아서 여기 살고 있는 게 아니다. 카페에서 자리를 바꿔 앉는 것처럼 간단히 집을 옮길 수 있다면 지금 당장이라도 여기서 나가고 싶었다.

이즈미는 몸을 움츠린 채 슬픈 표정으로 나를 바라보았다.

"나는 아무 짓도 하지 않았어. 이건 그냥… 충고야. …그 편지도 열어 보지 않는 게 좋을 거야."

이즈미는 당장이라도 울 듯한 얼굴로 말했다. 왠지 내가 나쁜 놈이 된 것 같아서 더 짜증이 났다.

나는 가방을 집어 들고 계단을 올라갔다.

"저기…."

이즈미가 불렀지만 무시했다. 더는 얽히고 싶지 않았다.

❖

부글거리는 속을 억지로 가라앉히며 방으로 돌아왔다. 환기를 시키려고 창문을 열었다가 정면에 위치한 언덕을 보고 바로 다시 닫았다.

'평범한 신사일 뿐인데 대체 왜….'

여기로 이사 온 후부터 스스로 생각하기에도 뭔가 이상했다. 대체 왜 이렇게 기분이 나쁜 걸까.

신경이 잔뜩 날카로워진 상태로 편지를 확인했다. 나오코 아줌마가 보내온 편지부터 열어 보려다가 순간적으로 멈칫했다. 지난번과 마찬가지로 봉투 입구가 가위로 잘려 있었다.

다른 한 통은 이상이 없었다. 그렇다는 건 곧 이 무기명 편지를 우편함에 넣은 사람이 나오코 아줌마의 편지를 개봉했다는 걸까.

일단 열린 봉투 안에 든 편지지를 꺼내 읽기 시작했다. 전화를 해도 받지 않아서 편지를 보낸다고 적혀 있었다. 어떻게 지내고 있는지 연락 좀 해라, 지하철로 1시간이면 오니까 주말에는 집에 들르거라, 네 기분이 어서 풀리면 좋겠다, 엄마라고 부르지 않아도 좋으니 친구가 되지 않을래….

나는 할 말을 잃은 채 편지를 그대로 쓰레기통에 던져 넣었다. 화가 나서 참을 수가 없었다.

엄마가 죽고, 아버지와 결별하고, 집을 잃었다. 물론 내가 집을 잃은 것은 나오코 아줌마 탓이 아니다. 나오코 아줌마는 우리 아버지와 결혼했을 뿐이지 내게서 집을 빼앗을 생각은 전혀 없었을 것이다. 집을 잃고 싶지 않았다면 내가 더 노력했어야 했다. 나만 나오코 아줌마와 잘 지내면 될 일이었으니까.

나는 원래 나오코 아줌마를 싫어하지 않았다. 엄마가 살아 계셨을 때는 오히려 잔소리만 늘어놓는 엄마보다 말이 잘 통하는 나오코 아줌마를 더 좋아했다. 항상 예쁘게 화장하고 커리어우먼처럼 차려입은 나오코 아줌마를 엄마와 비교하며 나오코 아줌마가 우리 엄마였으면 좋았을 텐데, 하고 생각한 적도 있었다. 하지만 그랬으면 좋겠다고 생각하는 것과 정말로 그게 현실이 되는 것은 전혀 다른 문제다.

적어도 내게는 같지 않았다. 엄마의 죽음으로부터 아버지의 재혼에 이르는 일련의 과정은 내 마음을 돌아서게 만들기에 충분했다.

좀 더 다른 형태였더라면 나오코 아줌마를 받아들일 수 있었을지도 모른다. 아니면 정말 아줌마 말대로 친구 같은 모자 관계가 될 수 있었을지도. 하지만 나는 나오코 아줌마의 안 좋은 면을 한꺼번에 알게 된 기분이었고, 아줌마를 좋아했기 때문에 더 배신감이 들었다. 그리고 나오코 아줌마보다 나를 더 화나게 만든 사람은 아버지였다.

나는 아버지의 방약무인한 태도에 분노했다. 그런 아버지를 잘 타이를 생각은 하지 않고 공범이 되는 길을 선택한 나오코 아줌마에게도 화가 났다. 그래서 아버지와 대판 싸우고 집을 나왔다. 집을 잃고 싶지 않았다면 그런 짓은 하지 말아야 했다. 그건 나도 안다.

나는 집을 잃은 것이 아니다. 내 쪽에서 집을 버린 거다. 머리로는 이해하지만 그래도 역시 누군가의 악의가 내게서 보금자리를 빼앗아 간 듯한 기분이 들었다.

'하지만… 누가?'

그 부분에 대해 생각하려고 하면 가슴이 타들어 가는 듯한 통증이 느껴졌다.

나는 아버지가 그러지 않기를 바랐다. 나오코 아줌마가 그러지 않기를 바랐다. 가족이 된다면 내가 받아들일 수 있도록 제대로 절차를 밟아 주었으면 했고, 나 역시 진심으로 아버지의 재혼을 축복하고 싶었다.

내 마음이 불편한 이유는 바로 이것 때문이었다. 나는 결국 아버지와 나오코 아줌마가 내 바람대로 움직여주지 않아서 심통이 난 것이다. 집을 나가겠다고 선포했을 때조차도 사실 속으로는 이제 두 사람이 내 생각대로 움직여주지 않을까 기대했다.

나는 세상이 내 생각대로 돌아가기를 바랐다. 그리고 세상이 내 생각대로 굴러가지 않는 것이 마음에 들지 않았다. 그게 내 권리라면 당연히 아버지와 나오코 아줌마에게도 내가 자기들 기대대로 움직여주기를 바랄 권리가 있었다. 하지만 나는 두 사람의 기대에 부응할 생각이 없었다. 오히려 두 사람이 말도 안 되는 기대를 한다며 화를 내고 있었다. 그렇다면 두 사람에게도 역시 내가 말도 안 되는 기대를 한다고 생각할 권리가 있다는 말이니까….

몇 번을 생각해도 결론이 나지 않았다. 나는 낮게 신음을 내뱉었다. 결국 나는 이 문제에서 도망치기 위해 집을 나온 것이었다. 더는 생각하고 싶지 않았다.

스스로도 애처럼 굴고 있다는 자각은 있었다. 하지만 그것은 곧 내가 이렇게 유치한 행동을 할 수밖에 없을 정도로 코너에 몰렸다는 의미이기도 했다. 가슴이 답답했다.

지금 내게는 누군가 즐겁게 대화를 나눌 상대가 필요했다. 바보 같은 농담을 주고받으며 함께 웃을 수 있는 사람이.

전학 와서 사귄 친구들과는 아직 좀 서먹서먹했다. 예전에 다니던 학교에서도 그렇게 친한 친구는 없었다.

어려서부터 유랑 생활이 익숙했기 때문에 어디를 가도 사람을 깊이 사귀지 않는 습관이 들었다. 그러다 보니 내게는 친구가 한 명도 없었다.

어릴 때는 이사 갈 때마다 친구들에게 새 주소를 알려주었다. 그러면 몇 명인가는 편지를 보내왔지만 얼마 지나지 않아 연락이 끊겼다. 그들이 나를 잊었다는 사실을 확인하게 되는 것이 싫어서 나중에는 처음부터 이사 가는 곳 주소를 알려주지 않게 되었다.

'그쪽에 도착하면 연락할게.'

그렇게 인사만 남기고 헤어졌다.

문득 외로움이 몰려왔다.

나는 방바닥에 누워 아무 것도 적혀 있지 않은 봉투를 집어 들었다. 뭐라도 좋으니 안에 내용이 적혀 있으면 좋았을 텐데, 하고 생각했다. 봉투를 들어 전등에 비춰 보았다. 나는 몸을 벌떡 일으켰다.

봉투 안에 글자가 보였기 때문이다.

나는 봉투를 뜯어 안에 든 편지지를 꺼냈다. 힘주어 눌러쓴 남자 글씨체였다.

【안녕하세요. 본 적도 없는 분께 이렇게 갑자기 편지를 드리게 되어 죄송합니다.】

편지 앞머리에는 이렇게 적혀 있었다. 그렇다면 이건 적어도 악질적인 장난은 아니라는 걸까.

보낸 사람의 자기소개에 따르면 본인은 일흔두 살이고, 정년퇴직 후 현재는 가족들과 떨어져 혼자 살고 있다고 했다.

【인간은 고독한 존재입니다. 가족이라고 해도 결국은 남이니까요.】

고독이라는 글자가 눈에 와서 박혔다.

【세월 앞에 장사 없다고 요즘은 허리 통증이 심해져서 화장실 가는 것도 쉽지 않습니다.】

노인은 투병으로 인한 고통과 어려움을 털어놓았다.

【더 고통스러워지기 전에 죽어 버릴까도 생각했습니다만, 유서를 남길 상대조차 없다는 사실을 깨달았습니다.】

'유서?'

나는 눈썹을 찌푸렸다.

【결국 누구라도 좋으니 내 말을 들어 주었으면 하는 마음에 이렇게 펜을 들게 되었습니다.】

이건 유서인 걸까?

【저보다 한발 먼저 기르던 고양이를 보내 주었습니다.】

편지지가 툭 떨어졌다. 종이 가장자리에 빨간 지문이 묻어 있었다. 뒤는 읽고 싶지 않았다. 글자가 눈에 들어오지 않도록 조심하며 편지지를 집어 들었다. 미처 피할 새도 없이 한 문장이 눈에 들어왔다.

【고양이를 땅에 묻어 주신 후, 당신도 제 뒤를 따라 주신다면…】

편지지를 양손으로 콱 구겨 쥐었다.

'고양이를… 땅에 묻어 주신 후….'

'땅에 묻어 주신 후….'

나는 편지지를 바닥에 내팽개치고 복도로 뛰쳐나왔다.

'묻은 후가 아니라….'

1층으로 뛰어 내려갔다.

'묻어 주신 후.'

설명하기 어려운 충동에 이끌려 우편함을 벌컥 열었다. 이유는 모르겠지만 강한 확신이 들었다. 아주 불길한 확신이.

— 열어 보지 않는 게 좋을 거야.

우편함을 연 순간, 나는 그대로 그 자리에 주저앉아 버렸다.

죽은 고양이가 들어 있었다.

4장 · 소생

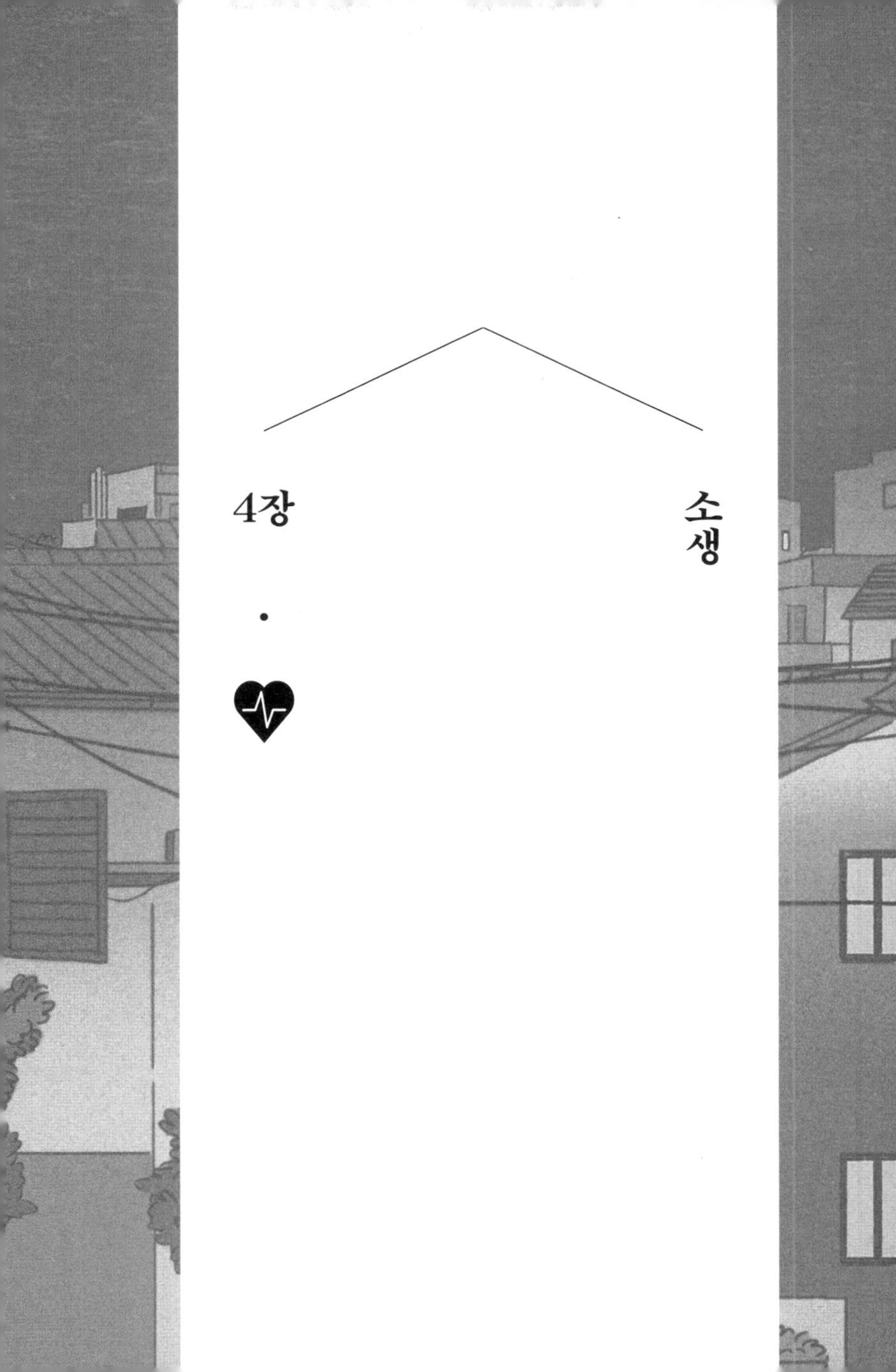

4장

•

소생

스스로도 한심하다고 생각했지만 나는 관리인 노자키 아저씨에게 도움을 요청했다. 피투성이 사체를 똑바로 쳐다볼 수조차 없었다.

노자키 씨는 우편함을 들여다보더니 "또야?"라고 중얼거렸다. 전에도 이런 일이 있었느냐고 물어보니 가끔 잊을 만하면 이런 장난을 치는 놈이 있다고 했다.

아저씨가 알아서 처리하겠다고 해서 나는 고맙다고 인사하고 방으로 돌아왔다. 위액이 자꾸만 목구멍을 타고 넘어왔다.

나는 방바닥에 누워 머리를 감싸 쥐었다.

대체 뭐가 어떻게 된 걸까. 무슨 일이 일어나고 있는 걸까.

설명할 수 없는 불쾌감. 무언 전화. 개봉된 편지. 백지 편지와 유서. 고양이 사체. 섬뜩한 낙서. 이웃 주민의 죽음. 예언.

누군가 악의를 가지고 한 짓일까.

— 거기 꽤 유명하거든.

그것만으로 설명이 되는 걸까.

— 나온다고.

아무리 생각해도 결론은 나지 않았다. 머리를 감싸 안은 채 나는 어느샌가 잠이 들었다.

눈을 뜨자 어둠 속에서 전화벨이 울리고 있었다.

나는 지끈거리는 머리를 한차례 저은 뒤 전화를 받았다. 수화기를 집어서 들어 올리기까지의 그 짧은 시간 동안 두 가지 생각이 머리를 스치고 지나갔다.

또 아무 말도 하지 않으려나, 하는 생각.

뽑아 두었던 전화선을 언제 다시 꽂았지, 하는 생각.

첫 번째 질문에 대한 답은 금방 나왔다. 수화기를 귀에 가져다 대자 물방울 떨어지는 소리가 들렸기 때문이다.

두 번째 질문은 풀리지 않은 의문으로 남았다.

전화 상대방이 말했다.

【…앞으로 3일.】

낮고 갈라진 목소리로 이렇게 말하더니 바로 전화를 끊었다.

'앞으로 3일?'

나는 벌떡 일어나 불을 켰다.

방 안이 갑자기 환해졌다. 나는 빛 속에 우두커니 서 있었다.

'그럴 리가….'

나는 분명 전화선을 뽑아 두었다. 언제였더라…. 그래, 이틀 전 고토가 놀러 왔을 때였다. 고토가 전화선을 왜 빼놓았냐고 해서 다시 꽂았다가 그 바람에 또 장난 전화를 받아야 했다. 전화 상대방은 그때 처음으로 말을 했다. '5일'이라고.

나는 그때 전화를 끊고 전화선을 뽑은 다음 잠이 들었다. 분명히 뽑았다. 그 후에 다시 꽂은 기억은 없다. 실제로 그래서 어제는 전화가 걸려오지 않았으니까.

전화기를 확인해 보니 전화선이 연결되어 있었다. 방치된 수화기에서 뚜뚜 하는 신호음이 들렸다.

고개를 들어 현관 쪽을 돌아보았다. 현관문은 안쪽에서 제대로 잠겨 있었다. 도어체인까지 걸려 있었다.

'그런데 어떻게….'

문으로 가서 직접 만지면서 재차 확인해 보았다. 자물쇠 두 개와 도어체인 모두 안쪽에서 확실하게 잠겨 있었다.

자는 동안 누가 몰래 들어온 건 아니었다. 그럴 리가 없었다. 아무리 피곤해도 누군가 문을 열고 들어왔다면 잠에서 깼을 것이다. 나는 외출할 때도 문단속은 철저히 하는 편이었다. 요즘은 신경이 예민해져서 잠깐 쓰레기 버리러 나갈 때도 반드시 문을 잠갔다.

'그러고 보니 아까….'

편지를 읽다가 급히 1층으로 뛰어 내려갔다. 그때는 문을 잠그지 않았다. 그 사이에 누가 들어왔던 걸까? 그렇다면 그 사람은 내가 문을 열어둔 채 나갔다는 사실을 알았다는 말인데 나 자신도 예상하지 못한 돌발적인 행동을 어떻게 알 수 있었을까?

문을 여닫는 소리? 계단을 뛰어 내려가는 소리?

'대체 누가? 왜?'

나는 생각에 잠겨 현관문을 등지고 돌아섰다. 그러자 눈앞에 커다란 검은 구멍이 입을 벌리고 있었다.

커튼이 젖혀져 있었다. 창문이, 열려 있었다.

안쪽에서 잠가 둔 창문이.

이사 온 이래 단 한 번도 이렇게 활짝 열었던 적이 없는 창문이.

❖

지금 이 상황이 믿기지가 않았다. 일단 창문을 닫고 힘껏 잠갔다. 커튼을 치고 틈이 벌어지지 않도록 몇 번을 매만졌다. 전화선도 뽑았다.

그대로 방 안에 있기가 겁이 나서 복도로 뛰쳐나왔다. 바깥쪽에서 현관문을 잠그고 몇 번을 다시 확인했다. 그러고 나서 빌라 밖으로 나왔다.

여기저기 카페를 전전하다가 24시간 영업하는 서점에서 시간을 때우고 편의점에서 시간을 때웠다. 새벽 3시쯤 되자 더 이상 갈 곳이 없었다. 서점도 편의점도 몇 번씩 다시 가기는 애매했고, 한 번에 두세 시간씩 머물기는 눈치가 보였다. 나는 점원의 미심쩍은 눈초리를 견디지 못하고 결국 편의점에서 나왔다. 가게 밖으로 나오면 바로 내가 사는 빌라, 하이츠 그린 홈으로 이어지는 골목이었다.

돌아가고 싶지 않았지만 달리 갈 곳이 없었다. 안심하고 잠들 수 있는 집이 있었으면 좋겠다고 이토록 간절히 바란 적은 없었다.

어쩔 수 없으니 골목으로 발을 내디뎠다. 한 걸음 내딛고는 그 자리에 멈춰 섰다.

길 한가운데에 아이의 모습이 보였다.

나도 모르게 몸이 부르르 떨렸다. 이런 시간에 어린아이가 혼자 골목에 쪼그리고 앉아 낙서를 하고 있다니. 있을 수 없는 일이었다. 낙서보다도 아이의 존재가 더 불길하게 느껴졌다.

골목 어귀에서부터 아이가 있는 위치까지는 이미 낙서로 뒤덮여 있었다. 제대로 살펴보지 않아도 그것이 시체의 산이라는 건 쉽게 짐작이 갔다.

나는 잠시 망설였다. 집으로 돌아가기 위해서는 골목을 통과해야만 했다. 그 말은 곧 저 아이 옆을 지나가는 수밖에 없다는 뜻이었다.

'고작 어린애 하나가 무슨 대수라고.'

아무리 그렇게 생각하려고 해도 맥박이 저절로 빨라졌다. 그런 나 자신에게 화가 났다. 아이와 내가 체격 및 체력 면에서 얼마나 차이가 나는지를 생각하며 용기를 내려고 했지만 도저히 골목 안으로 들어갈 엄두가 나지 않았다. 편의점에 도움을 요청해 볼까 하는 생각까지 들었다. 스스로가 너무 한심해서 화가 날 지경이었다.

나는 골목 입구에 서 있었다. 아이는 골목 한가운데에 쪼그리고 앉아 땅바닥에 그림을 그리고 있었다.

내게 남은 자존심을 모두 끌어모아 골목 안으로 한 걸음 걸어 들어갔다. 바닥에 그려진 시체 더미를 밟으며 한 발 한 발 내디뎠다. 일부러 크게 발소리를 냈지만 아이는 돌아보지 않았다.

천천히 아이 쪽으로 다가갔다.

아이와의 거리가 절반 정도로 줄어들었을 때, 용기가 바닥났다.

"저기…."

나는 아이를 불렀다.

"이렇게 늦은 시간에 뭐 하고 있니?"

긴장해서 목소리가 떨리는 것이 느껴졌다. 내 목소리가 좁은 골목 안에 울려 퍼졌다.

그래도 아이는 고개를 들지 않았다. 벽을 향해 쪼그리고 앉아서 묵묵히 손을 움직일 뿐이었다. 분필 소리가 내가 있는 곳까지 들리는 것 같았다.

한 발 더 다가가 다시 말을 걸었다.

"집에 안 가도 돼?"

큰 소리로 물으며 조금씩 앞으로 나아갔다.

"벌써 새벽 3시야."

아이와의 거리가 세 발자국 정도로 좁혀졌다.

한 발 내디뎠다.

'앞으로 두 발자국.'

한 발 더 내디뎠다.

'앞으로 한 발자국.'

아주 작은 숨소리까지 들릴 정도로 거리가 가까워졌다. 나는 아이에게서 한시도 눈을 떼지 않았다. 아이가 조금이라도 몸을 움직이면 패닉을 일으킬 것만 같았다.

나는 아이가 있는 쪽 반대편 벽에 바짝 붙어서 걷고 있었다. 한 발 더 내디뎠다. 좁은 골목 한가운데에서 아이와 일직선상에 서게 되었다. 서둘러 한 발 더 내디뎌서 아이에게서 다시 멀어지기 시작했다. 계속 걸어가려는데 뭔가가 발에 닿았다. 닿은 듯한 기분이 들었다.

나도 모르게 소리를 질렀다. 기겁을 하며 뒤를 돌아보았다.

기분 탓이었다. 아이는 여전히 그 자리에 있었다. 안심해서 가슴을 쓸어내리는 한편, 큰 소리가 났는데도 눈썹 하나 까딱하지 않는 것을 보니 역시 아이가 정상은 아니라는 생각이 들었다.

아이를 주시한 채 그대로 뒷걸음질쳤다. 아이에게서 한 발씩 멀어져 갔다.

충분히 멀어졌다고 판단되었을 때 잽싸게 등을 돌렸다. 전속력으로 달려서 빌라 현관을 통과했다. 문을 밀어젖혀서 안으로 들어간 다음 등 뒤를 돌아보았다.

눈앞에 아이가 서 있었다.

나는 소리 없이 비명을 질렀다.

아이가 작은 손을 들어 올리더니 문을 잡고 있는 내 팔을 향해 뻗었다. 순간적으로 아이의 손을 내치고 문을 쾅 닫았다. 곧바로 문에서 떨어져 계단으로 향했다. 그때 문밖에서 웃음소리가 들렸다.

잔뜩 갈라지고 쉰 목소리였다. 도저히 아이 목소리라고는 생각할 수 없는.

기분 나쁘게 쿡쿡대며 웃는 낮고 걸걸한 목소리에 쫓기듯 계단을 뛰어 올라갔다. 온몸에 소름이 돋았다.

나는 숨도 쉬지 않고 내 방까지 한달음에 달려갔다.

정신이 들자 해가 중천에 떠 있고 나는 방 안에 누워 있었다.

머리를 휘휘 저으며 몸을 일으켰다. 이불도 깔지 않고 바닥에서 자고 있었던 모양이다. 딱딱한 바닥에서 잔 탓인지 몸 여기저기가 쑤시고 결렸다.

멍했던 머리가 조금씩 제자리로 돌아왔다. 어젯밤—정확히는 오늘 새벽—에 도망치듯 방으로 돌아와 그대로 잠들었던 것이 기억났다.

방 안의 불은 켜진 상태였다. 무한반복으로 설정해 둔 CD가 작게 흘러나오고 있었다. 커튼은 닫혀 있고, 전화선은 뽑혀 있었다.

자리에서 일어나면서 어젯밤 일을 다시 떠올려 보았다.

골목에 있던 아이, 그리고 낙서. 그 아이가 정말 살아 있는 인간이라고 봐도 되는 걸까?

— 거기 꽤 유명하거든.

고토의 말이 맞을지도 모르겠다는 생각이 들었다.

— 나온다고.

아이의 정체는 알 수 없었다.

수많은 시체들의 그림. 골목 어귀에서부터 시작된 그림은 빌라 안으로 들어와서 5호실 앞에서 멈췄다. 5호실에 살던 타카무라 씨는 그림과 똑같은 모습으로 죽었다.

예언일까 저주일까. 그 역시 알 길이 없었다.

분명한 것은 그 그림이 또다시 골목에서부터 새로 시작되었다는 사실뿐이었다.

나는 욕실로 가서 샤워를 하며 정신을 차렸다.

그러고는 1층으로 내려갔다. 건물 밖으로 나가 골목을 살폈다.

골목에는 관리인 노자키 씨가 나와 있었다. 얼굴을 잔뜩 찌푸린 채 바닥 솔로 골목을 청소하고 있었다. 골목 어귀에서 시작된 그림은 빌라 앞까지 도달해 있었다. 아저씨는 골목 입구에서부터 절반 정도 청소를 끝낸 참이었다. 아저씨가 있는 곳에서부터 내가 있는 곳까지는 노란색 선이 바닥을 가득 메우고 있었다.

그 사실을 확인하고 문을 닫았다.

'토할 것 같아….'

머리를 한차례 흔들고 습관처럼 우편함을 확인하려는데 관리실 안쪽에서 인기척이 났다.

창문 너머로 노자키 씨 부인의 모습이 보였다.

"저…."

말을 걸었다.

아줌마가 고개를 들어 무표정한 얼굴로 이쪽을 돌아보았다. 내가 다가가자 자리에서 일어났다.

"저기, 밖에, 또 생겼네요."

내가 말하자 아줌마는 고개를 끄덕였다.

"바닥이 다 낙서로 뒤덮였던데…. 자주 있는 일인가요?"

스스로도 무슨 말을 하고 싶은 건지 모르겠어서, 무슨 말을 하면 좋을지 알 수가 없어서 그냥 그렇게 물었다.

아줌마는 살짝 웃었다. 밝은 느낌은 아니었지만 아무튼

미소를 지은 건 확실했다.

"맞아. 자주 있는 일이야…."

그러고는 나를 올려다보며 물었다.

"무섭니?"

"아니요, 그런 건 아닌데…."

아줌마는 빌라 입구 쪽을 쳐다보았다. 어딘지 모르게 슬픈 듯한 표정이었다.

"나는 무서워. 이번에는 어디로 가려는 걸까."

아줌마는 속삭이듯 중얼거리면서 창문에서 물러났다.

"…정말 무서워."

그러면서 유리문을 열고 안쪽 방으로 들어가 버렸다.

— 이번에는 어디로 가려는 걸까.

— 이번에는 누가 죽게 될까.

아줌마의 말이 내게는 그런 의미로 들렸다. 나는 문득 불안해졌다.

여기 사는 사람들은 모두 낙서의 의미를 대충 짐작하고 있는 게 틀림없었다. 분명 타카무라 씨도 알고 있었을 것이다. 그래서 자기 방 앞에 그려진 낙서를 발견하고 그렇게 화를 낸 것이다.

타카무라 씨는 겁에 질려 있었다. 아마 트럭 가까이 가지 않도록 평소보다 더 조심했을 것이다. 그래도 죽음을 피할 수 없었다.

그 사실이 너무 무섭고 슬펐다. 나는 길게 한숨을 내쉬었다.

그러고 나서 우편함을 확인했다. 봉투가 놓여 있었다. 굳이 꺼내 보지 않아도 그 편지라는 걸 알 수 있었다. 만지기도 싫어서 그냥 내버려 두기로 했다.

— 열어 보지 않는 게 좋을 거야.

계단을 올라가며 나는 이즈미가 한 말을 떠올렸다.

노자키 씨는 전에도 이런 일이 있었다고 말했다.

또다시 나타난 고양이 사체, 새로 시작된 기분 나쁜 낙서.

나는 3층으로 올라가려다가 문득 발걸음을 멈췄다. 이즈미와 이야기를 나눠 보고 싶었다.

6호실 초인종을 누르자 이즈미가 나왔다. 이즈미는 나를 보더니 놀란 표정을 지었다.

할 말이 있다고 하자 어깨를 움츠리며 고개를 숙였다.

"어제는 미안했어."

내가 사과하자 이즈미는 고개를 들고 안심한 듯 미소를 지었다.

"궁금한 게 있는데."

내 말에 이즈미는 고개를 끄덕이더니 갑자기 이렇게 말했다.

"히로… 아니, 네 방으로 가서 얘기해도 될까?"

생각지도 못한 제안에 허를 찔린 기분이었다. 나는 살짝 당황했지만 떨떠름한 표정으로 고개를 끄덕였다.

"네가 그 편지, 열어 보지 말라고 했잖아."

나는 이즈미 앞에 커피가 담긴 머그잔을 내려놓으며 말을 꺼냈다. 이즈미는 신기한 듯 내 방을 둘러보고 있었다. 뭐가 그리 좋은지 얼굴이 발그레했다.

"왜 그런 말을 한 거야?"

작은 탁자를 사이에 두고 마주 앉자 이즈미는 긴장한 듯 몸을 움츠렸다.

"안 좋은 일이 일어날 테니까…."

"무슨 안 좋은 일?"

"죽은 고양이가 배달되지 않았어?"

나는 순간 우편함에 들어 있던 고양이 사체가 떠올라서 얼굴을 찡그렸다.

"…맞아."

"그 편지를 읽으면 고양이가 배달되거든."

"너도… 그런 적이 있어?"

너무 당연하다는 투로 대답하길래 내가 되묻자 이즈미는 얼떨떨한 표정을 지었다.

"나? 아니, 없어."

"그런데 어떻게 알아?"

"여기서는 자주 있는 일이거든."

그러고 보니 관리인 아저씨도 비슷한 말을 했었다.

"자주 있는 일이라니…."

"편지가 도착하고, 죽은 고양이가 배달되고, 그걸 받은 사람이 자살하는 일. 여기서는 자주 있는 일이야."

나는 경악했다.

"뭐…라고?"

"그러니까…."

"자살?"

재차 확인하자 이즈미가 진지한 얼굴로 고개를 끄덕였다.

"그렇게 죽은 사람이 세 명 있었어. 하지만 편지를 받았다고 해서 다 자살하는 건 아니야. 편지가 그걸 받은 사람을 죽음으로 유인하는 역할을 하는 건 맞지만 직접적으로 해꼬지를 하는 건 아니거든."

"유인…한다고?"

— 당신도 제 뒤를 따라 주신다면….

"편지 안 읽었어? 거기에 같이 죽어 달라고 적혀 있지 않았어?"

"적혀 있었던 것… 같아."

"응."

이즈미는 고개를 끄덕이더니 나를 똑바로 쳐다보았다.

"그런 식으로 마음에 든 사람을 끌어들이는 거야. 히로…, 아니 네가…."

"그냥 히로시라고 불러."

번번이 이름으로 부르려다가 멈칫하는 걸 보고 있자니 그건 그것대로 답답했다. 내가 이름으로 불러도 된다고 허락하자 이즈미는 기뻐하며 웃었다. 그러더니 다시 굳은 표정으로 말했다.

"히로시가 마음에 들었나 봐."

"누가?"

"…이 장소가."

'장소?'

"그러니까 이곳에 사는 악령들이."

순간적으로 말문이 막혔다.

"…악령?"

이즈미가 고개를 끄덕였다.

"왜, 터가 안 좋다고들 하잖아. 여기가 딱 그런 곳이거든. 온갖 안 좋은 일들을 불러일으키는 장소. 그런 식으로 죽은 사람은 여기 붙잡혀서 빠져나가지 못하게 돼. 혼자 갇혀 있으면 외로우니까 친구를 원하게 되고."

"왜 터가 안 좋은데?"

내 질문에 이즈미는 고개를 저으며 그 이유는 자기도 모른다고 했다. 그리고 내 눈을 똑바로 들여다보며 말했다.

"아무나 불러들이는 건 아니야. 보통은 자기들 마음에 든 사람만 붙잡지. 그런데 히로시 널 마음에 들어 하는 것 같아. 그러니까 하루빨리 여기서 나가는 편이 좋을 거야."

나는 한숨을 내쉬었다.

"무슨 말인지 이해가 잘 안 가는데…. 터가 안 좋은 곳에서는 안 좋은 일이 일어난다는 것까지는 알겠어. 유독 사람이 많이 죽어 나가고 사건 사고가 끊이지 않는 장소가 있다는 거잖아."

"맞아."

"어디어디는 터가 안 좋다더라, 그래서 굿을 했다더라 하는 얘기는 나도 들어 봤어. 그런데 장소가 누군가를 마음에 들어 하고 안 들어 하고 그런다고? 붙잡혀서 빠져나오지 못한다는 건 지박령이 된다는 의미인가? 친구로 삼는다는 건 그러니까 저주를 걸어서 죽게 만든다는 거야?"

"아…."

나는 당황해하는 이즈미를 보고 허둥지둥 손을 내저었다. 나도 모르게 다그치는 말투로 이즈미를 몰아붙이고 있었다.

"미안. 이즈미 너한테 화내는 건 아니야."

"…알아듣기 쉽게 설명할 자신은 없지만…."

"응."

"이유는 모르겠는데 여기 공간이 좀 비틀려 있어."

"비틀려 있다고?"

이즈미가 난처한 표정으로 고개를 끄덕였다.

"깜깜한 미로 같은 거랑 겹쳐 있달까…. 나도 어떻게 설명해야 좋을지 잘 모르겠어."

"일단 알겠어. 그래서?"

"여기에 다른 건물이 하나 더 있어서 거기랑 여기가 포개져 있는 거야. 원래는 각각 별개의 건물이지만 일부 겹쳐진 부분이 있어서…."

이해가 갈 듯 말 듯했다.

"그러니까 예를 들면, 음… 여기가 원래는 미도리장이라는 빌라였다고 들었는데, 말하자면 그게 이 하이츠 그린 홈이랑 겹쳐서 존재하고 있다는 건가?"

"응, 비슷해. 미도리장 주민들에게 여기는 미도리장인 거야. 미도리장에는 죽은 사람밖에 살 수 없고, 아무도 거기서 나올 수 없어. 이 골목과 건물 주변을 벗어날 수 없고, 벗어나더라도 다시 돌아올 수밖에 없어."

"흐음…."

"미도리장이랑 하이츠 그린 홈이 복잡하게 뒤섞여 있어서 미도리장 주민들은 여기를 지나갈 수 있지만 여기 사는 사람들은 미도리장으로 건너갈 수 없어. 원래는. 그런데 때때로 미도리장으로 건너갈 수 있는 사람들이 나타나기도 해."

"건너간다고?"

"대충 그런 느낌이야. 미도리장 주민들이 여기를 통과하는 것처럼 그들도 미도리장을 통과할 수 있는 거지. 그 사람들은 자기도 모르는 사이에 이곳 하이츠 그린 홈과 미도리장을 오가고 있는 거야. 오간다기보다는 두 공간이 혼재하는 속에서 살고 있다고 말하는 게 더 정확할지도 모르겠다. 그런 사람은 미도리장 사람들에게 있어서도 존재하는 사람인 거야. 미도리장 쪽으로 건너오지 못하는 사람은 존재하지 않는 사람인 거고. 여기 주민들에게 있어서 미도리장 주민들이 존재하지 않는 것처럼."

"뭔가 이해가 가는 것 같기도 하고 아닌 것 같기도 하고…."

"미안…."

이즈미가 몸을 움츠렸다.

"이즈미 네가 사과할 문제는 아니지. 미도리장 주민들에게 있어서 존재하는 사람이라는 건 곧 이 장소가 마음에 들어 하는 사람이라는 건가?"

"응, 아마도 그런 것 같아. 그런 사람이 죽으면 미도리장 주민이 되는 거야. 미도리장 사람들은 친구를 갖고 싶은 나머지 그런 사람을 발견하면 빨리 죽어서 자기들 쪽으로 오게 만들려고 안간힘을 쓰지. 그러니까 히로시 넌 되도록 빨리 여기서 나가야 해."

이즈미의 표정이 심각해졌다.

"얌전한 놈들만 있는 건 아니거든."

이즈미가 단호한 말투로 말했다.

"아주 위험한 녀석들도 있어. 골목에 그려진 낙서 봤지?"

나는 고개를 번쩍 들어 이즈미를 쳐다보았다.

"역시 그 낙서도…."

이즈미가 고개를 끄덕였다.

"그래, 맞아. 낙서가 어딘가에서 멈추면 그 집에 사는 사람은 죽게 돼. 그림과 똑같은 모습으로."

"하나만 물어볼게. 그건 예언이야? 아니면 저주?"

그 아이는 예언을 전달할 뿐인 걸까, 아니면….

이즈미는 조금도 망설이지 않고 바로 대답했다.

"저주. 예언 같은 게 아니라 그 녀석이 죽이는 거야."

그러고는 복잡한 표정을 지었다.

"그 녀석은 위험해. 미도리장에서도 제일 위험한 놈들 중 하나야. 그러니까 히로시, 빨리 여기서 나가."

사실은 겁이 났는지도 모르겠다. 하지만 나는 두려움을 표현하는 대신 화를 냈다.

"다음 피해자는 나라고? 그 말을 하고 싶은 거야?"

버럭 소리를 지르자 이즈미가 몸을 움찔했다.

나는 서둘러 이즈미에게 사과했다.

"미안. 하지만 결국 그 말인 거지?"

이즈미가 고개를 저었다.

"모르겠어. 그 녀석이 노리는 상대가 누구인지까지는 나도 알 수가 없어. 하지만 히로시 너한테 편지가 왔잖아. 그 외에도 네 주위를 맴돌고 있는 녀석들이 있고."

나도 모르게 몸에 힘이 들어갔다.

"그 외에도?"

"응. 그 녀석들은 장난만 칠 뿐이지 실제로 뭔가 해꼬지를 하는 건 아니지만."

기억났다. 이사 당일. 이즈미와 처음 만났을 때.

— 그냥 장난친 거야.

우편함에 들어 있던 인형 머리.

"내가 여기 이사 온 날 있었던 그런 일 같은 거?"

내가 묻자 이즈미가 고개를 끄덕였다.

"미도리장 주민들에게 히로시는 존재하는 사람인 거야. 그러니까 위험해."

나는 머리를 감싸 쥐었다.

활짝 열린 창문, 어느샌가 다시 꽂힌 전화선.

'그런 거였나….'

"왜 하필이면 나인 건데?"

"아마도… 닮았으니까."

이즈미의 말에 나는 고개를 들었다.

"닮았다고?"

이즈미가 고개를 끄덕였다.

"외로워. 집에 돌아가고 싶어. 돌아갈 곳이 없어. 기다려 주는 사람이 없어. …아니야?"

정곡을 찔린 기분이었다. 반박할 말이 없었다.

"그런 사람이 죽으면 여기서 벗어날 수 없게 돼."

"난 여기 싫은데."

"다들 싫어해. 하지만 벗어날 수 없는 거야. 그래서 괴롭고 쓸쓸하니까 새 친구를 만들고 싶어지는 거지."

나는 고개를 갸웃거리며 이즈미에게 물었다.

"넌 어떻게 그렇게 잘 아는데? 영능력자, 뭐 그런 거야?"
내 질문에 이즈미는 엷은 미소를 지었다.
"그런 거 아냐. 히로시 너보다 조금 더 많이 알고 있을 뿐이야."
나는 어깨를 으쓱해 보이고는 창문 쪽으로 눈을 돌렸다.
"…있잖아, 이즈미. 저쪽에 신사가 있잖아. 저긴 뭐야?"
이즈미는 무슨 뜻인지 모르겠다는 듯 눈을 깜빡였다.
"저기도 뭐가 있는 거 아냐? 저 언덕 가까이 가니까 소름이 쫙 끼치던데."
이즈미는 고개를 저었다.
"그랬어? 그건 모르겠는데."
"흠…."
빌라 앞 골목에서 느껴지는 것과 비슷한 종류의 불쾌감. 불쾌감의 정도는 신사 쪽이 훨씬 더 강했다. 골목 안에서는 정말로 안 좋은 일들이 일어나고 있었다. 그걸 보면 내가 처음 이 골목에 발을 들였을 때 느낀 섬뜩함이 정말 예감이었을지도 모르겠다는 생각이 들었다. 그렇다면 신사에서 느낀 것도….
내 불안이 전염되었는지 이즈미도 표정이 어두워졌다.
"미안. 기분 탓이겠지? 그보다 이즈미 너는 어느 고등학교 다녀?"

나는 불안감을 떨쳐내듯 짐짓 밝은 목소리로 물었다. 이즈미는 복잡한 표정을 지었다. 어딘지 모르게 좀 슬퍼 보였다.

"나는… 학교 안 다녀."

왜, 하고 물으려다가 입을 다물었다. 요즘 같은 시대에 고등학교를 다니지 않는다는 건 그럴 만한 사정이 있다는 말이었다. 섣불리 물어보면 안 될 것 같았다.

나는 무릎을 세우고 쪼그려 앉아 있는 이즈미를 슬쩍 쳐다보았다. 키가 작고 마른 데다가 혈색도 안 좋았다. 처음 봤을 때부터 볼품없는 녀석이라고 생각했다.

이즈미는 창백한 얼굴을 무릎 위에 올린 채 중얼거렸다.

"그동안 감시하고 있으니까."

감시하느라 학교를 못 가는 건가?

학교에 가는 대신 감시하는 쪽을 선택한 건가?

내가 집에 없는 동안 감시하고 있다는 말인가?

이즈미가 무슨 뜻으로 한 말인지는 알 수 없었지만 목소리에서 강한 의지가 묻어났다.

그날 밤, 이즈미가 자기 방으로 돌아간 후 전화가 걸려왔다.

이즈미에게 약한 모습을 보이기 싫어서 아까 낮에 녀석을 방에 들이기 전에 전화선을 다시 꽂아 두었던 탓이다.

— 그 녀석들은 장난만 칠 뿐이지.

나는 수화기를 집어 들었다. 평소와 달리 어느 정도 평정심을 유지할 수 있었다.

— 실제로 뭔가 해꼬지를 하는 건 아니지만.

수화기 너머에서 물방울 떨어지는 소리가 들렸다.

【앞으로 2일….】

상대방은 그 말만 하고 전화를 끊었다.

'앞으로 2일?'

나는 달력을 보았다.

이틀 뒤면 10월 2일이었다. 그날 대체 무슨 일이 생긴다는 걸까.

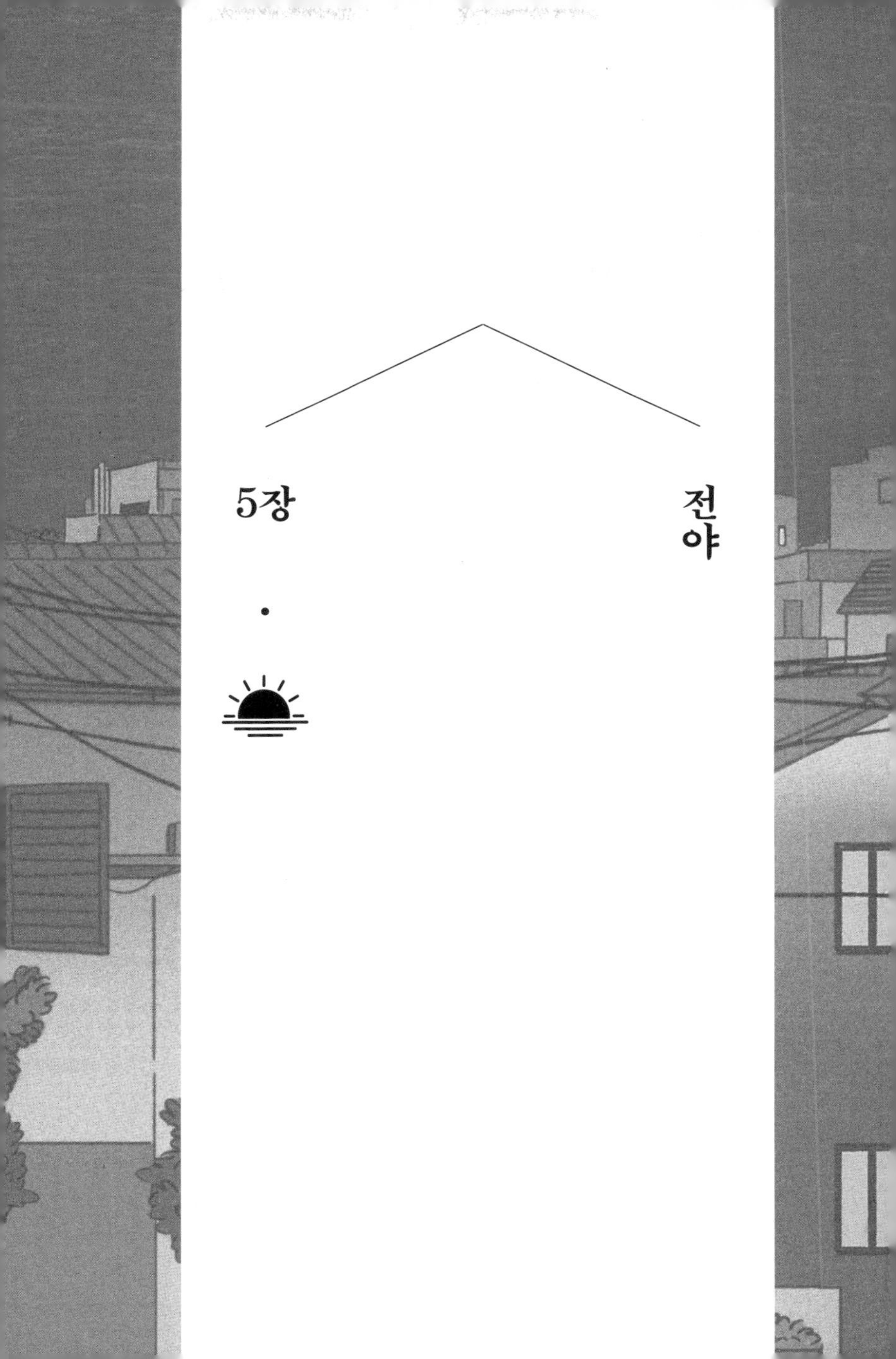

5장 전야

5장

•

전야

다음 날 아침 학교에 가려고 1층으로 내려가니 언젠가처럼 현관 홀이 온통 노란색으로 뒤덮여 있었다.

나는 고개를 돌리고 타카무라 씨와 관련된 불쾌한 기억을 잊으려고 애쓰며 빠른 걸음으로 건물 밖으로 빠져나왔다.

학교에 도착하자 교실 앞 복도에서 우연히 카네코와 마주쳤다.

"아…."

나도 모르게 입에서 소리가 새어 나왔다. 카네코가 이쪽을 돌아보았다. 카네코는 나를 보자 노골적으로 얼굴을 찌푸리더니 어색하게 시선을 피했다. 나도 불쾌한 기색을 굳이 숨기려 하지 않고 휙 고개를 돌려 버렸다. 카네코를 무시한 채 교실로 들어가려고 하는데 카네코가 나를 불렀다.

"히로시."

나는 어쩔 수 없이 카네코를 쳐다보았다. 말을 건 카네코도 떨떠름한 표정을 짓고 있었다.

"너… 하이츠 그린 홈에 산다며?"

이제는 정말 지긋지긋했다. 하이츠 그린 홈의 괴담 따위는 더 이상 듣고 싶지 않았다.

"그런데?"

내가 쌀쌀맞게 대꾸하자 카네코의 미간 주름이 한층 더 깊어졌다. 잠시 말을 할까 말까 망설이는가 싶더니 입안에서 우물거리며 이렇게 말했다.

"거기서… 얼마 전에 사람이 죽었다고…."

"맞아. 그게 왜?"

나는 퉁명스럽게 쏘아붙였다.

단순한 호기심으로 고개를 들이밀지 말라고 소리치고 싶었다. 불같이 화를 내던 타카무라 씨. 그녀의 죽음의 진상에 대해 알고 있는 사람은 하이츠 그린 홈에 사는 주민들뿐이었다. 그리고 그녀가 느꼈을 공포를 이해하는 사람도. 그것은 순수한 공포이고 비극이었다. 구경꾼들의 호기심을 채워 주기 위한 단순한 오락거리가 아니었다.

내 말투에 카네코는 인상을 찡그렸다. 뭔가 더 할 말이 있어 보였지만 그만하는 편이 좋겠다고 판단했는지 그냥 묵묵히 손만 들어 보였다. 나는 아무 말도 하지 않고 그대로 몸을 돌려 교실로 들어왔다.

그날 수업 중에 계속 생각했다.

내가 생각해도 카네코에게 너무 편협한 태도를 취한 것 같기는 했다. 카네코의 호기심이 불쾌했던 건 사실이지만 그렇게까지 노골적으로 티를 낼 필요는 없었다.

나는 타카무라 씨의 죽음을 가볍게 입에 올리고 싶지 않았다. 그리고 하이츠 그린 홈에 또다시 같은 낙서가 등장하기 시작한 현재로서는 솔직히 말해서 그것에 대해 더 이상 생각하고 싶지 않았다. 하지만 카네코에게 필요 이상으로 차갑게 대한 것은 단지 그 이유 때문만은 아니었다. 상대가 카네코였기 때문이다. 나는 다른 사람도 아닌 카네코가 그런 유쾌하지 않은 일을 화제로 삼았다는 것이 영 마음에 들지 않았다.

대체 과거에 카네코와 무슨 일이 있었던 걸까. 아무리 기억을 더듬어 보아도 싸움의 내용이 떠오르지 않았다. 내용도 기억하지 못하는데 싫어하는 감정만 남아 있다니. 내 마음인데도 잘 이해가 가지 않았다.

그리고 하나 더. 신사의 존재를 잊어버린 건 어째서일까.

변경은 우리의 주된 놀이터였다. 거기까지는 기억이 났다. 그리고 변경은 신사 주변 일대를 가리키는 말이었다.

하이츠 그린 홈과 신사가 위치한 그 일대는 우리 초등학교 통학 구역 끄트머리에 있었다. 신사를 넘어가면 바로 옆 학교 통학 구역이었다. 그 시절의 변경은 온통 논밭과 잡목림뿐이었다. 상점가는 당시에도 존재했다. 불량 식품을 파는 허름하고 오래된 가게라든지 낡고 어두컴컴한 장난감 가게 등이 늘어선 구역이 있었다. 가게는 조금씩 바뀌었지만 상점가의 위치는 지금도 그대로였다.

초등학생, 그것도 저학년에게 통학 구역을 벗어난다는 것은 국경을 넘는 것과 맞먹을 정도로 큰일이었다. 그러다 보니 국경에 접한 변경에는 우리를 흥분시키는 무언가가 있었다. 변경에 가면 정말로 멀리까지 왔다는 실감이 났다.

변경에 사는 친구가 없어서 더 그렇게 느꼈는지도 모르겠다.

여기까지 생각이 미쳤을 때 나는 고개를 갸우뚱했다.

친한 친구 중에는 변경에 사는 사람이 없었다. 그건 확실하다. 하지만 같은 반 누군가가 변경에 살지 않았던가?

나는 기억을 샅샅이 뒤졌다. 분명 변경에 사는 사람이 있었다. 딱 한 명, 변경에 외따로 떨어져 살았던 기억이 났다.

'장례식….'

갑자기 누군가의 말이 떠올랐다.

— 변경에서 장례식이 열린대.

그렇게 말한 사람은 누구였더라.

— 장례식이 있습니다.

타키 선생님이 말했다.

선생님은 교단 위에 서 있었다. 교단 앞 책상에 꽃이 놓여 있었다. 타키 선생님은 장례식이 있다고 한 번 더 말한 후 손으로 이마를 짚고 울기 시작했다. 나를 포함해 모두가 따라 울었다.

'…그래.'

기억났다.

우리 반에는 변경에 사는 아이가 딱 한 명 있었다. 우리는 소풍 갈 때처럼 이열종대로 나란히 서서 변경에서 열린 장례식에 참석했다.

어떻게 이렇게 감쪽같이 잊어버리고 있었을까. 같은 반 친구가 죽었다는 건 상당히 인상적인 일이었을 텐데.

장례식에 대해 뭔가 더 기억해 내 보려고 하자 갑자기 머리가 아프고 구역질이 났다.

속이 메스꺼워서 견딜 수가 없었다.

싫어. 기억해 내고 싶지 않아. 무서워. 더 이상 생각하고 싶지 않아.

얼마 전 신사에서 느꼈던 기분과 매우 흡사했다.

심장이 미칠 듯이 빠르게 뛰어 그대로 책상에 푹 엎드렸다. 앞에서 수업을 진행하던 선생님이 무슨 일이냐고 물었다. 나는 몸 상태가 좋지 않다고 말하고 다른 친구의 부축을 받아 양호실로 갔다.

❖

결국 학교를 조퇴하고 혼자 터벅터벅 걸어서 하이츠 그린 홈으로 돌아왔다. 버스는 너무 빨리 나를 집으로 데려다 주기 때문에 타고 싶지 않았다.

집에 오는 길에 신사 옆을 지났다. 고개를 돌려 그쪽을 보지 않으려고 노력했다. 그래도 기분이 나빠졌다.

지금 느끼는 이 기분이 장례식을 기억해 냈을 때의 기분과 완전히 똑같았기 때문에 나는 확신하게 되었다.

나는 이 신사를 알고 있다. 분명히 알고 있다. 하지만 기억해 내고 싶지 않은 것이다. 신사가 있는 방향을 쳐다보기도 싫을 정도로 안 좋은 기억이 있는 것이 틀림없었다.

빠른 걸음으로 하이츠 그린 홈으로 돌아온 나는 골목 앞에서 멈춰 섰다.

골목에는 낙서가 보이지 않았다. 시체 그림은 어디까지 나아간 걸까. 확인하고 싶지 않았다. 만약 그 그림이 내 방 앞에서 멈춰 있다면….

나는 고개를 흔들었다. 그럴 리 없었다. 다음 타깃이 나일 리가 없었다.

애써 부정하려 했지만 그래도 역시 빌라로 돌아가기가 싫어서, 골목 안으로 들어가기가 싫어서 골목 입구에 있는 비디오 대여점 앞에서 한참을 어정거렸다.

— 히로시가 마음에 들었나 봐.

이즈미가 한 말이 생각났다.

— 외로워. 집에 돌아가고 싶어. 돌아갈 곳이 없어. 기다려 주는 사람이 없어.

사실이었다. 나는 외롭고, 집에 돌아가고 싶었다. 하지만 돌아갈 곳이 없었다. 기다려 주는 사람도 없었다.

그래도 나는 그런 편지에 홀려 자살할 정도로 약하지 않았다. 그런 것에 마음이 흔들릴 정도로 궁지에 몰린 상태도 아니었다.

'나보다 더 그곳에 어울리는 녀석이 있을 거야.'

그런 이기적인 생각을 하고 혼자서 얼굴이 빨개졌다.

바꿔 말하면 나 말고 다른 누군가가 죽기를 바란다는 말이었으니까.

'…나 정말 형편없는 놈이네.'

우울한 기분으로 한숨을 내쉬었다. 비디오 대여점 앞에 설치된 커다란 화면에서 정체를 알 수 없는 영상이 흘러나오고 있었다.

눈부시게 파란 하늘을 날아가는 순백의 글라이더. 길게 뻗은 양 날개.

— 비행기.

나는 문득 속으로 중얼거렸다.

'…비행기.'

— 자, 받아.

나는 고개를 번쩍 들었다. 골목으로 뛰어가서 입구 쪽에서 하이츠 그린 홈을 바라보았다.

나는 알고 있었다.

이 골목을 알고 있었다.

— 비행기, 필요 없어?

— 네 거잖아. 필요 없어?

기억이 났다.

전부.

여기에는 오사루네 집이 있었다.

❖

오사루는 그 아이의 별명이었다. 본명은 기억나지 않는다. 아마도 오자키나 오사무 같은 이름이었을 것이다. 이름을 따서 붙인 별명이었다.

나는 오사루가 싫었다. 나뿐만 아니라 반 아이들 모두가 그 애를 싫어했다. 소위 말하는 왕따였다.

나는 딱 한 번 오사루네 집에 간 적이 있었다. 비행기를 들고.

'맞아. 그랬지….'

오사루는 모형 비행기 만들기의 달인이었다. 자기가 직접 대나무를 깎고 구부려서 프레임을 만든 다음 거기에 종이를 붙여 글라이더를 만들었다. 무동력인데도 웬만한 전동 글라이더보다 훨씬 잘 날았다. 바람을 타고 우아하게 하늘을 가로질렀다.

그 비행기를 어쩌다 내가 손에 넣어서 오사루에게 돌려준 기억이 있었다. 주웠나? 아니다, 오사루를 괴롭히던 패거리가 빼앗아 간 것을 되찾은 것이었다.

'그래, 맞아.'

계절이 언제였는지는 모르겠다. 그날 나는 오사루가 비행기 날리는 것을 구경하고 있었다. 아마도 방과 후였을 것이다. 나는 혼자 운동장에 있었다. 교정 한구석에 우두커니 앉아 오사루가 비행기 날리는 모습을 멀리서 쳐다보고 있었다.

그때 다른 반 아이들이 나타났다. 녀석들은 비행기를 손보고 있는 오사루에게 다가가더니 툭 쳤다. 또 저러네, 싶었다.

녀석들은 그렇게 한참을 괴롭히더니 오사루에게서 비행기를 빼앗았다. 오사루는 아무 말도 하지 못하고 비행기를 들고 떠나가는 아이들을 물끄러미 바라볼 뿐이었다.

나는 반사적으로 자리에서 일어나 녀석들을 쫓아갔다.

나는, 아니 우리는 오사루를 싫어했지만 오사루의 비행기는 존경했다. 때리고 발로 차기는 해도 절대로 비행기는 건드리지 않았다. 그건 우리 사이의 불문율이었다. 오사루의 비행기는 그럴 만한 가치가 있었다. 그렇게 아름답게 비행하는 물체는 본 적이 없었으니까.

녀석들을 쫓아가서 비행기를 돌려받았다. 그리고 그걸 오사루에게 돌려주러 갔다.

그게 바로 여기였다. 여기가 틀림없었다.

당시에는 아직 골목 양옆으로 고층 건물이 들어서지 않

았을 때였지만 어린 내게는 주변 건물들이 충분히 높게 느껴졌던 기억이 난다. 지금 하이츠 그린 홈이 있는 위치에는 낡은 목조 빌라가 있었다. 거기가 오사루네 집이었다.

나는 조심스레 골목 안으로 들어가 오사루네 집으로 가서 비행기를 돌려주었다.

— 자, 받아.

오사루는 굉장히 놀란 눈치였다. 나는 굳어서 손도 못 내미는 오사루를 향해 비행기를 쓱 내밀었다.

— 비행기, 필요 없어?

— 네 거잖아. 필요 없어?

그랬다.

나는 어둠이 깔리기 시작한 골목을 천천히 둘러보았다. 어떻게 이렇게 까마득하게 잊고 있었을까.

당시에도 나는 이 골목이 무서웠다. 그때도 지금처럼 해가 지고 있었고, 어두운 골목 안으로 들어가기 위해서는 용기가 필요했다. 두려움을 꾹 참고 한 발 한 발 내디뎌서 이윽고 도착한 빌라는 골목보다도 더 음침한 분위기가 감도는 건물이었다. 오사루네 아빠는 씨름 선수처럼 덩치가 크고 인상이 험악했다.

나는 오사루에게 비행기를 건네고 도망치듯 집으로 돌

아왔다.

그 건물이 미도리장이었던 걸까.

아니다, 고토에게 들은 바에 따르면 미도리장은 별로 낡지도 않았는데 어느 날 갑자기 철거되었다고 했다. 그렇다면 오사루네가 살던 빌라는 미도리장보다 더 전에 있었던 건물이라는 말이었다.

나는 딱 한 번 그 빌라를 방문한 적이 있었다.

그 순간 새로운 사실이 기억났다.

'한 번이 아니야.'

한 번이 아니었다. 나는 그 후에 한 번 더 여기에 왔다. 이 골목에.

골목 안에는 옅게 연기가 깔려 있었다. 그때 맡은 향냄새가 기억이 났다.

골목 한가운데, 얼마 전 남자아이가 쪼그리고 앉아 있던 그 언저리에 흰 천막이 세워져 있었다. 우리는 줄지어 차례대로 거기까지 걸어갔다. 골목을 절반쯤 걸어가 천막 아래 놓인 책상 앞에 서서 강한 향이 나는 가루를 통 안에 넣었다. 골목 양쪽으로 천이 걸려 있었다. 흰색과 검은색의 천들.

나는 여기에 온 적이 두 번 있었다.

두 번째는 오사루의 장례식이었다.

❖

우울한 기분을 안고 방으로 돌아왔다. 우편함은 확인하지 않았다. 하이츠 그린 홈의 바닥은 깨끗하게 닦여 있었다.

나는 아이보리색 계단을 오르며 생각했다.

왜 골목에 들어오면 그렇게 기분이 나빴는지 알 것 같았다. 과거의 안 좋았던 기억이 되살아날 것 같아서였다. 카네코와는 옛날에 싸운 적이 있었다. 오사루의 장례식은 아마 내게 꽤 큰 충격을 안겨 주었을 것이다. 신사에도 뭔가 그런 안 좋은 기억이 있는 것이 틀림없었다.

그런 생각을 하며 방으로 돌아오니 문 아래에 흰 봉투가 끼워져 있었다.

조심스레 집어 들어 살펴보았다. 무기명의 남자 글씨. 지난번에 받은 것과 같은 편지였다. 방으로 들어가 가방을 내려놓고 편지를 쓰레기통에 버렸다.

'이런 식으로 날 끌어들이려고 해도 소용없어.'

내가 따라 죽거나 할 일은 절대 없으니까.

옷을 갈아입고 창문을 열었다. 시원한 바람이 불어 들어왔다. 눈앞에 놓인 언덕에서 불쾌한 위압감이 느껴졌지만 꾹 참고 시선을 들었다.

나는 하이츠 그린 홈으로 이사 온 이래 줄곧 이유를 알 수 없는 불쾌함과 불길한 예감에 시달렸다. 그중 절반은—이즈미의 말이 사실이라면—미도리장 주민들의 짓이었고, 나머지 절반은 내 과거와 관련된 것이었다.

편지, 전화, 낙서, 열린 창문은 미도리장 주민들이 한 짓.

신사, 골목, 카네코는 내 과거와 관련된 것.

그 둘 사이에는 아무 연관도 없었다.

'연관이 없다고?'

나는 문득 의문이 들었다. 정말 아무 연관도 없는 걸까?

이즈미는 뭐라고 했더라?

— 왜, 터가 안 좋다고들 하잖아. 여기가 딱 그런 곳이거든. 온갖 안 좋은 일들을 불러일으키는 장소.

— 그렇게 해서 죽은 사람은 여기 붙잡혀서 빠져나가지 못하게 돼.

안 좋은 일. 오사루의 죽음.

오사루의 집은 여기 있었다. 이 빌라와 같은 위치에. 여기는 터가 안 좋았다. 온갖 안 좋은 일들을 불러일으키는 장소였다. 그리고 오사루는 죽었다. 그렇게 죽은 사람은 여기 갇혀서….

어쩌면 오사루도 여기 갇혀 있는 게 아닐까.

— 괴롭고 쓸쓸해서 새 친구를 만들고 싶어지는 거지.

외로운 아이가 있다. 그 아이는 여기 갇혀 있다. 그러던 어느 날, 예전에 같은 반이었던 친구가 나타난다…. 자기편으로 끌어들이기에 이보다 더 적합한 상대가 또 있을까?

나는 확신했다. 오사루는 여기 있다고.

바로 내 가까이에.

뭘까. 무엇이 오사루가 한 짓일까.

낙서를 하는 남자아이. 그 아이는 너무 어렸다.

고개를 저으려다가 나는 문득 동작을 멈췄다.

오사루는 돼지라고도 불렸다. 분명 그랬다.

오사루 본인이 뚱뚱했던 건 아니다. 부모가 둘 다 굉장히 뚱뚱해서 붙은 별명이었다. 오사루는 부모와 달리 빼빼 마르고 체구도 작았다. …그랬다.

오사루는 우리 반에서 제일 작았다. 그래서 항상 맨 앞줄에 앉았다. 우리는 선생님이 칠판을 향해 있는 동안 손톱으로 작게 뜯어낸 지우개 같은 걸 오사루에게 던지곤 했다.

오사루보다 몸집이 더 큰 하급생도 많았다. 오사루는 누가 봐도 우리와 같은 학년으로는 보이지 않았다.

나는 골목과 빌라 바닥에 낙서하는 아이를 보고 유치원생일 거라고 생각했다. 키와 몸집을 기준으로 그렇게 판단한 것이다. 하지만 정말 그럴까?

초등학교 때 3학년과 4학년의 차이는 확연했다. 슬쩍 보기만 해도 3학년인지 4학년인지 금방 알 수 있었다. 하지만 어른들은 잘 구분이 가지 않았다. 상대가 고등학생만 되어도 1학년과 3학년이 다 똑같아 보였다.

나이가 들자 이번에는 반대로 아이들 나이를 잘 구분하지 못하게 되었다. 초등학교 저학년인지 고학년인지만 겨우 알아보는 정도다.

오사루는 체구가 왜소했다. 3학년 때도 1학년이나 2학년 같아 보였다. 지금의 내가 그때의 오사루를 다시 만난다면 과연 몇 학년이라고 생각할까?

시체 그림을 그리던 아이와 오사루가 겹쳐 보였다.

나는 당황해서 고개를 세차게 흔들었다.

왕따였던 오사루는 누가 자기를 때리거나 밀쳐도 가만히 있었다. 무슨 짓을 당해도 반격하지 않는다는 걸 알기 때문에 모두가 아무렇지도 않게 오사루를 괴롭혔다.

바닥에 낙서를 하는 남자아이. 그림에 그려진 모습 그대로 누군가가 죽는다. 그 아이가 죽이는 것이다. 친구를 갖고 싶어서.

그런 건 오사루의 이미지와 어울리지 않았다. 오사루는 죽은 후에 귀신이 되어 다시 나타나더라도 방구석에 가만히 앉아 있을 것 같은 타입이었다.

오사루는 나를 원망했을까?

내가 오사루를 괴롭혔던 건 사실이지만 나보다 더 심한 짓을 한 사람도 많았다. 나는 가끔 오사루에게 친절하게 대해 주기도 했다.

'…나를 원망하지는 않을 거야.'

만약 오사루가 누군가를 원망한다면 원망받아 마땅한 녀석은 나 말고도 많았고, 오사루는 나를 기억조차 하지 못할 가능성도 높았다.

그런 생각을 하고 있으려니 쓴웃음이 났다. 밀려드는 자기혐오에 입안이 썼다.

인간은 스스로를 용서하는 데 있어서는 누구보다 관대하다.

그때 갑자기 귓가에서 소리가 들렸다.

'…너를 원망해.'

소리가 말했다.

나는 화들짝 놀라서 뒤를 돌아보았다.

해가 저물면서 어두워지기 시작한 방 안에는 아무도 없었다. 당연히 아무도 없었다.

'기분 탓? 환청인가?'

그때 어디선가 끼익 하는 소리가 들렸다.

주위를 둘러보았다. 소리는 계속 이어졌다. 이윽고 소리가 나는 곳을 발견한 나는 헉하고 숨을 들이마셨다.

욕실 문이 천천히 열리고 있었다.

'문이 저절로 열릴 리가 없잖아….'

문은 욕실 안쪽에서 바깥쪽으로 열렸다. 10센티미터 정도 열리더니 갑자기 멈췄다. 욕실 안은 어두컴컴했다. 열린 문틈으로 안쪽 문손잡이를 쥔 손이 보였다.

작고 가느다란 손. 어린아이의 손이었다.

"너를 원망해."

욕실 안에서 누군가가 또렷하게 말했다. 어린아이 목소리였다.

"절대로 용서하지 않을 거야."

가위에 눌리기라도 한 듯 몸이 움직이지 않았다. 나는 그저 문틈으로 보이는 가느다란 팔을 뚫어지게 응시할 뿐이었다.

욕실 안에서 아이가 웃었다.

"죽어. 너 같은 건 죽어 버려."

'누구…?'

"절대로 용서하지 않을 테니까."

팔이 욕실 안쪽으로 스르륵 사라졌다. 나는 벌떡 일어나

10센티미터 정도 열린 욕실 문을 향해 달려갔다. 문을 벌컥 열어젖혔다. 방 안의 불빛이 욕실 안으로 흘러들었다.

안은 텅 비어 있었다. 사람 그림자도 보이지 않았다.

나는 그 자리에 그대로 주저앉았다.

— 너를 원망해.

— 절대로 용서하지 않을 거야.

— 너 같은 건 죽어 버려.

'오사루…?'

너야…?

어째서.

— 죽어.

"왜 그렇게 나를 원망하는 건데!"

나는 아무도 없는 욕실을 향해 소리쳤다.

"내가 뭘 어쨌다고!"

내가 오사루를 괴롭힌 건 사실이다. 모두와 함께 오사루를 놀리고 밀쳤다. 그게 얼마나 잔인한 짓이었는지 이제는 안다. 하지만 그때 나는 너무 어렸고 폭력이라는 것, 누군가를 때린다는 것과 누군가에게 맞는다는 것의 의미를 충분히 이해하지 못했다. 그게 잘못이었다고 하면 할 말은 없지만 애들은 원래 다 그런 것 아닌가.

왕따는 드문 일이 아니었다. 나 역시 왕따를 당한 경험이 있다. 내가 특별히 나쁜 짓을 한 것이 아니다. 내가 죽인 것이 아니다. 이렇게 원한을 살 이유가 없다.

그래, 내가 죽인 것이 아니다.

오사루는….

오사루는 어쩌다 죽었더라?

기억이 나지 않았다. 사고를 당해서? 병에 걸려서? 왜 죽었지?

나는 아무도 없는 욕실 앞에 주저앉아 오사루가 죽은 이유를 기억해 내려고 애썼지만 도무지 생각이 나지 않았다.

그날 밤, 전화가 걸려 왔다. 전화선은 뽑아 두었다. 그런데도 전화벨이 울렸다.

상대방은 딱 한마디만 하고 전화를 끊었다. 수화기 너머에서 물소리가 났다.

【…내일이야….】

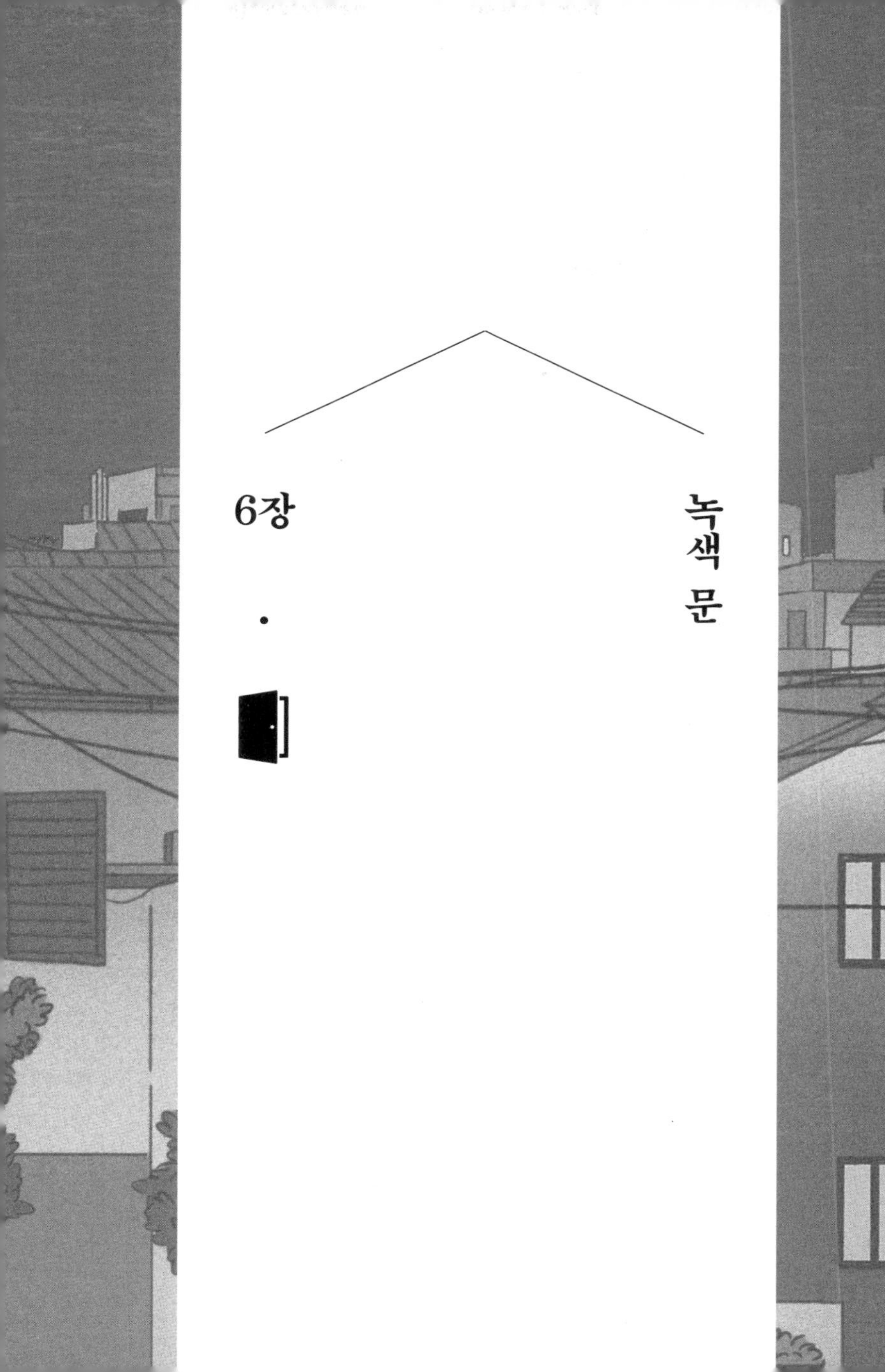

6장 · 녹색 문

6장

•

녹색 문

다음 날, 낙서는 1층에서 2층까지 계단 전체를 메우고 3층으로 향하고 있었다.

그 남자아이(오사루?)가 노리는 사람이 1층이나 2층 주민이 아니라는 건 이로써 분명해졌다.

학교에서 돌아오니 편지가 와 있었다.

열쇠로 내 방 현관문을 열고 들어갔을 때 탁자 위에 반듯하게 놓여 있는 것을 발견했다.

나는 더 이상 깊이 생각하지 않기로 했다. 편지를 집어 들어 단숨에 반으로 찢은 다음 휴지통에 버렸다.

그러고는 계속 방에 있었다. 해가 진 후에는 나가고 싶지 않았다.

솔직히 방 안에 있는 것도 내키지 않기는 마찬가지였다. 하지만 달리 갈 곳도 없었고, 나가면 언젠가는 돌아와야 했다. 어쩌면 그저 밤길을 걸어 하이츠 그린 홈으로 돌아오기가 싫었던 건지도 모르겠다.

그래서 어쩔 수 없이 혼자 방에 처박혀 있었다.

끊임없이 이어지는 장난들. 이게 멈추는 날이 오기는 하는 걸까?

그냥 이사를 갈까도 생각해 봤다. 생각만 하고 바로 포기했다.

이사 비용이라든지 보증금을 마련하려면 아버지에게 또 한 번 고개를 숙여야 했다. 나에게는 혼자 힘으로 이사를 단행할 수 있을 정도의 경제력이 없었다. 이곳에 입주할 때만 해도 마음에 안 들면 옮기면 그만이라고 쉽게 생각했었는데 막상 닥치고 보니 다시 이사를 간다는 건 불가능에 가까웠다.

아버지는 왜 이사를 가려고 하는지 이유를 물을 것이다. 사실대로 말한다 한들 믿어 줄 리가 없었다. 지금 있는 곳이 그렇게 싫으면 집으로 들어오라고 할 게 뻔했다. 나오코 아줌마는 이때다 하고 어떻게든 나를 돌아오게 만들려고 할 터였다. 생각만 해도 피곤한 공방을 벌인 끝에 결국 동의도 이해도 구하지 못한 채 이사는 없던 일이 되거나, 아니면 집으로—아버지와 나오코 아줌마의 집으로—끌려 들어가게 될 것이다.

혼자 살 수 있을 만큼은 어른이라고 주장한 사람은 다름 아닌 나 자신이었다. 하지만 실제로는 전혀 어른이 아니었다. 내가 살 곳 하나 내 힘으로 확보하지 못하는데 무슨 어른이란 말인가. 용돈을 받아 생활하면서 어른으로 대접받고 싶다는 건 어불성설이었다.

그날 밤 방구석에 덩그러니 앉아 나는 진심으로 어른이 되고 싶다고 생각했다.

전화가 걸려온 것은 밤 10시가 넘어서였다.

전화선은 계속 뽑힌 상태였지만 전화를 걸어오는 사람에게 그런 건 아무 상관도 없는 듯했다.

상대는 짧게 말했다.

【지금 간다.】

여전히 여자인지 남자인지도 분간이 가지 않았다.

상대는 언제나처럼 기분 나쁘게 웃으며 전화를 끊었다.

'지금 온다고?'

말투가 묘하게 생생해서 겁이 났다.

이게 정말 귀신의 장난인 걸까?

수화기 너머로 들려오는 목소리는 아무리 생각해도 살아 있는 사람 같았다.

물론 이건 평범한 전화가 아니었다.

나는 뽑아 둔 전화선을 보며 생각했다.

'딱히 피해는 없지만.'

이건 녀석들의 장난이다. 내게 직접적인 위해를 가하지는 못한다. 그저 기분이 나쁠 뿐.

나는 이즈미가 한 말을 떠올리며 스스로를 진정시키려고 애썼다. 그래도 역시 불안해서 현관으로 가서 문이 제대로 잠겼는지 확인했다. 자물쇠 두 개 중 하나만 잠긴 것을 보고 다른 하나도 잠갔다. 마지막으로 도어체인을 단단히 걸었다.

방 안에서 숨을 죽인 채 가만히 앉아 있는데 갑자기 초인종이 울렸다.

나는 천천히 숨을 내뱉은 다음 소리를 내지 않도록 조심하며 자리에서 일어나 현관으로 갔다.

"누구…세요?"
현관문 너머로 물었다. 돌아온 대답은 간결했다.
"나 이즈미야."
'이즈미?'
외시경으로 밖을 내다보니 이즈미의 창백한 얼굴이 살짝 일그러져서 보였다.
"…왜?"
"딱히 용건이 있는 건 아닌데…."
나는 망설였다. 이 문을 열어도 되는 걸까.
— 지금 간다.
어디선가 이와 비슷한 괴담을 본 기억이 났다. 어떤 사람이 새벽까지 집에서 한 발짝도 나오지 않고 꼭꼭 숨어 있다가 밖이 어슴푸레 밝아 오고 닭 우는 소리가 들려서 아침이 되었다고 생각해 안심하고 밖에 나와 보니 달이 떠 있었다는 이야기.
"히로시?"
나를 부르는 목소리.
나는 좀처럼 마음을 정하지 못하고 계속 망설였다.
망설이는 나를 비웃기라도 하듯 전화벨이 울렸다.
"…잠깐만."
나는 일단 문에 대고 기다려 달라고 한 후 서둘러 방으로 돌아가 전화를 받았다. 수화기를 귀에 갖다 대자 물소리가 들렸다.

'녀석이다.'

전화의 상대방이 짧게나마 한마디라도 하게 된 이후, 하룻밤에 두 번이나 전화를 걸어온 것은 처음 있는 일이었다.

상대가 갑자기 자지러지게 웃었다. 미친 사람처럼.

【금방 갈게.】

"누구야, 당신."

내가 묻자 이번에는 입을 다문 채 쿡쿡 웃었다.

【…걱정 마. 안 아프게 해 줄 테니까.】

입맛을 다시는 듯한 끈적한 말투에 등골이 오싹했다.

【금방 끝날 거야. …아주 커다란 톱이 있거든….】

나도 모르게 전화를 끊어 버렸다.

'톱?'

'뭐에 쓰려고?'

나는 몸을 부르르 떨며 문득 시선을 들어 문 쪽을 보고 이즈미가 와 있다는 사실을 기억해 냈다.

다시 현관으로 가서 외시경을 내다보니 복도에 우두커니 서 있는 이즈미의 얼굴이 보였다.

"이즈미?"

현관문을 열자 이즈미가 미소를 지었다.

"밤늦게 찾아와서 미안."

"괜찮아. 아직 잘 시간은 아니니까."

나는 대답하며 이즈미가 들어올 수 있도록 문을 활짝 열었다. 문득 지금 이즈미를 집 안에 들이는 건 비겁한 짓이 아닐까 하는 생각이 들었다.

— 지금 간다.

— 아주 커다란 톱이 있거든.

— 절대로 용서하지 않을 테니까.

나는 위험에 처해 있었다. 내 옆에 있는 건 위험했다.

'혼자는 무서워.'

'이즈미를 끌어들이게 될지도 몰라.'

그렇게 생각하면서도 결국 나는 말했다.

"들어와."

말을 하면서도 비겁한 나 자신에게 치가 떨렸다.

나는 이즈미를 방 안으로 들였다.

비겁한 짓이라는 건 나도 안다. 그래서 이즈미에게는 사실대로 말했다. 방금 전화가 왔었다는 사실과 상대가 말한 내용을.

이즈미는 주인에게 혼나는 강아지처럼 어리둥절한 표정으로 나를 쳐다보았다. 잠자코 내 이야기를 끝까지 듣고는 복잡한 표정으로 입을 열었다.

"…그래서 내가 말했잖아. 여기서 빨리 나가라고."

"그게 가능했으면 진작에 나갔겠지."

"그것도 그렇네…."

이즈미는 혼잣말처럼 중얼거리더니 이내 진지한 목소리로 말했다.

"왠지 안 좋은 예감이 들었거든. 와 보길 잘했다."

"무서우면 가도 돼."

"안 무서워."

이즈미는 아무렇지도 않게 대답했다.

나는 커피를 끓이며 이즈미에게 물어보았다.

"전화도 장난이겠지?"

당연히 고개를 끄덕일 줄 알았던 이즈미는 아무 말도 하지 않고 심각한 표정으로 무언가를 골똘히 생각하는 듯했다.

"전화를 건 사람이 미도리장 주민인지 아니면 전화를 연결한 사람이 미도리장 주민인지 알 수가 없으니…."

"그게 무슨 소리야?"

"그러니까… 그런 이상한 말을 하는 놈이 미도리장 주민이라면 무서워할 필요는 없어. 그냥 겁주려고 하는 말이니까. 하지만 그게 아니라 미도리장 녀석은 전화를 연결한 것뿐이라면 그 말을 한 사람은 인간일 가능성도 있어."

나는 이즈미 앞에 컵을 내려놓으며 문득 머릿속에 떠오른 질문을 던졌다.

"그러고 보니 네가 지난번에 낙서하는 아이가 미도리장 주민 중에서도 제일 위험한 놈들 중 하나라고 했잖아."

이즈미는 어린아이처럼 커피잔에 설탕과 프림을 잔뜩 집어넣으며 고개를 갸웃거렸다.

"응, 그런데?"

"그럼 그 아이만큼 위험한 녀석이 또 있다는 거야?"

"응."

"어떤 놈인데?"

내가 묻자 이즈미는 생각하기도 싫다는 듯 인상을 찌푸렸다.

"…무서운 놈. 솔직히 나는 그 녀석이 제일 무서워."

"뭐가 어떻게 무섭다는 건데?"

"직접 무슨 짓을 하는 건 아니야. 그냥 사람한테 달라붙어서 그 상대를 미치게 만들 뿐이야. 하지만… 무서워."

"그 녀석도 여기 갇혀 있는 거야? 이 장소에?"

"맞아."

그렇다는 건 하이츠 그린 홈에 사는 사람 중 누군가에

게 이미 그 녀석이 붙어 있을 가능성도 있지 않을까.
그런 생각을 하다 보니 문득 궁금해졌다.
"이즈미 넌 그런 걸 어떻게 알아?"
내 질문에 이즈미는 강아지 같은 눈으로 나를 올려다보며 어딘지 모르게 쓸쓸해 보이는 표정을 지었다.
"…비밀이야."
대답하기 싫은 것 같아서 더 묻지 않았다. 대신 다른 질문을 던졌다.
"혹시 이번에는 저 낙서가 어디서 멈출지도 알고 있는 거 아냐?"
"내가? …설마."
"그래? 내 생각에는 아무래도 다음 타깃은 나일 것 같은데."
이즈미는 단호하게 말했다.
"기분 탓이야."
나는 가만히 미소를 지어 보였다. 이즈미는 모른다.
— 용서하지 않을 거야.
그 아이는 오사루가 아닐까.
— 너를 원망해.
"역시… 왕따를 당하면 복수하고 싶겠지?"
내가 말하자 이즈미는 어리둥절한 표정을 지었다.
"응?"

"그렇지 않겠어?"

"… 복수하면 뭐가 좋은데?"

정말 이해가 가지 않는다는 투로 묻길래 나도 그만 풋 하고 웃어 버렸다.

"그건 그렇지."

하지만 반드시 복수하겠다고 이를 가는 녀석도 있을 것이다.

— 죽어 버려.

아무리 그래도 왕따에 가담했다고 해서 살해당하는 건 말이 안 된다고 생각하지만.

이즈미와 그런 이야기를 하고 있을 때였다. 누군가 내 방 문을 두드렸다.

내가 현관 쪽을 쳐다보자 이즈미가 나를 막으며 일어섰다.

"내가 보고 올게."

이즈미는 현관으로 가서 외시경을 들여다보았다. 그러고는 고개를 저으며 돌아왔다.

"… 아무도 없어."

"없다고?"

"응, 아무도 없어. 누가 장난쳤나 봐."

이상한 말이라고 생각했다. 이상한 대화라고. 아무도 없는데 소리가 들렸다. 그러니까 누군가의 장난일 것이다. 여기서 말하는 '누군가'는 사람이 아니다. 그 사실을 서로가 알고 있었다.

소리 때문인지 문밖에 누가 있는 것만 같아서 불안해 견딜 수가 없었다.

❖

뜨문뜨문 대화를 이어나가다가 새벽 2시가 지났을 무렵 이즈미가 내게 물었다.

"내가 있어서 방해되지 않아?"

나는 고개를 저었다.

"딱히."

그러고는 부끄러움을 참으며 이렇게 덧붙였다.

"사실은 함께 있어 줘서 다행이라고 생각하고 있어."

이즈미는 내 말을 듣고 얼굴이 확 밝아졌다. 정말이지 어린애 같은 녀석이었다.

"너… 진짜 특이한 녀석이구나."

나도 모르게 솔직한 감상이 입 밖으로 튀어나왔다. 이즈미의 표정이 다시 어두워졌다.

"응, 맞아…. 내가 좀 특이하지?"

"아니, 나쁜 뜻으로 한 말이 아니라…. 넌 왜 나를 이름으로 부르고 싶어 하는 거야?"

내가 묻자 이즈미가 고개를 숙였다.

"미안. 싫으면 이제 이름으로 안 부를게…."

"싫은 게 아니라 그냥 이유가 궁금해서."

이즈미는 의기소침한 표정으로 눈을 내리깔았다. 이즈미의 인상적인 새까만 눈동자가 살짝 가려졌다.

"한 번쯤 불러 보고 싶었거든."

"이름으로 불러 보고 싶었다고?"

"응, 이름으로 부른다는 게 부러웠어."

"지금까지 한 번도 없었어? 누군가를 이름으로 불러 본 적도, 불린 적도?"

이즈미는 고개를 끄덕였다. 주인에게 혼난 강아지 같아 보였다. 아주 어린 아이 같아 보이기도 했다.

"부모님은?"

말하고 나서 바로 후회했다. 묻지 말걸 그랬다고. 그만큼 이즈미는 상처받은 얼굴을 하고 있었다.

"부모님한테도 이름으로 불린 적은 없어. 보통 '야'라든지 '이 새끼', '이 자식' 이런 식으로 불렀으니까. 두 분 다 날 싫어했거든. 기분 나쁘다고."

"넌 기분 나쁘지 않아."

내 말에 이즈미는 쓸쓸하게 웃었다.

“괜찮아, 나도 알고 있으니까. 다들 날 보면 기분 나쁘대.”

뭔가 아이가 무리해서 웃고 있는 것 같아서 보기 안쓰러웠다.

“그런 걸 천재의 고독이라고 하지.”

이즈미가 무슨 뜻이냐는 듯 눈을 깜빡였다.

“다른 사람에게는 없는 재능을 갖고 있으면 이해받기 어렵다는 말이야.”

“그런 건 아닌데.”

이즈미는 당혹스럽다는 듯 말했다.

그 모습을 보니 역시 나쁜 녀석은 아니라는 생각이 들었다.

그 순간, 엄청난 불쾌감이 엄습했다. 카네코를 만났을 때와 똑같은 느낌이었다. 지금 눈앞에 있는 사람이 너무 싫어서 견딜 수 없는 바로 그 느낌.

이즈미는 머그잔을 손에 든 채 새까만 눈동자로 나를 쳐다보았다. 나는 억지로 웃어 보였다.

뭔가 기분 나쁜 응어리가 가슴을 짓누르는 것만 같았다.

그때 갑자기 복도에서 큰 소리가 났다. 나는 깜짝 놀라 자리에서 엉거주춤 일어났다. 문이 쾅 닫히는 소리였다. 아마도 누가 옆방 문을 있는 힘껏 닫은 모양이었다.

“8호실인가 보네. 무슨 일이지?”

밖에 나가 보려고 하는 나를 이즈미가 말렸다. 나는 손을 가볍게 들어 보였다.

"괜찮아. 이번에는 내가 나가 볼게."

"위험해."

"그러니까 내가 가서 확인해 보겠다는 거잖아. 넌 여기서 기다려."

나는 현관으로 가서 외시경을 통해 복도를 내다보았다. 렌즈 너머로 보이는 범위 내에서는 별다른 이상은 없어 보였다.

조심스레 현관 자물쇠를 풀고 귀를 기울였다. 아무 소리도 나지 않는 것을 확인한 다음 조용히 현관문을 열었다.

상체만 문밖으로 내밀어서 바깥 상황을 살폈다.

그리고 곧바로 후회했다.

3층 계단 앞에 아이의 뒷모습이 보였다.

복도로 나가 보았다. 평소보다 복도의 조명이 훨씬 더 어두운 것 같은 기분이 들었다.

아이는 이쪽을 등진 채 계단 바로 앞에 쪼그리고 앉아 있었다. 고개를 푹 숙인 자세로 말없이 손만 열심히 움직이고 있었다.

'3층까지 왔네. 역시….'

역시 네가 노리는 건 나인가 보구나.

자세히 보니 아이는 역시 유치원생치고는 좀 커 보였다. 옷도 처음에는 유치원 원복 같다고 생각했지만 가까이에서 본 게 아니라서 확실하지 않았다.

아마도 옆방의 오오바야시 씨는 저걸 보고 놀라서 방 안으로 도망친 것이리라. 낙서를 보고 놀란 것인지 아이를 보고 놀란 것인지는 알 수 없었다.

나는 아이를 유심히 관찰했다. 그때 무언가가 내 팔에 닿았다. 고개를 돌리자 이즈미가 걱정스러운 얼굴로 내 옷자락을 잡아당기고 있었다.

"… 이즈미, 너한테도 저게 보여?"

내가 묻자 고개를 끄덕였다. 그러고는 내 옷을 더욱 힘주어 잡아당겼다.

"보지 마, 히로시."

"… 응."

나는 아이의 뒷모습을 쳐다보았다. 그리고 말을 걸었다.

"나를 노리는 거야?"

"히로시, 그만해."

"날 노리는 거지?"

한 번 더 말하자 갑자기 아이가 이쪽을 돌아보았다. 얼굴 쪽에 그늘이 져서 잘 보이지 않았다. 대신 언젠가 수화기 너머에서 들었던 기분 나쁜 웃음소리가 들렸다. 아이의 얼굴을 확인하고 싶었다. 아무리 애를 써도 오사루의 얼굴은 떠오르지 않았지만 직접 보면 기억이 날 것 같았다. 한 발 앞으로 내딛자 뒤에서 이즈미가 있는 힘껏 나를 잡아당겼다.

"이즈미!"

이즈미는 아무 말도 하지 않고 나를 끌고 갔다. 거의 쓰러뜨리다시피 해서 나를 방 안으로 밀어 넣은 다음 곧바로 문을 잠갔다.

"저런 건 상대하면 안 돼!"

"그냥 확인만 하려고 했을 뿐이야."

"이쪽에서 상대해 주면 오해한단 말이야. 절대로 말 걸면 안 돼."

이즈미는 재차 강조했다.

"오해라니…?"

"이 사람은 친구가 되어 줄지도 모른다고 착각하게 되는 거야. 죽여서 데려가면 앞으로도 계속 자기랑 놀아 줄 거라고. 그러니까 저런 녀석들한테는 말을 걸면 안 돼."

이즈미의 말투가 너무 필사적이어서 뭔가 내가 굉장히

나쁜 짓을 한 것만 같은 기분이 들었다.

그러고 보니 나도 어디선가 들은 적이 있었다. 무연고자 묘에 절을 하거나 합장을 하면 안 된다고. 자기를 더 위로해 줬으면 하는 마음에 귀신이 그 사람을 따라온다고.

"미안. 하지만… 나 사실은 알고 있어."

"뭘?"

"다음은 나라는 걸."

이즈미는 말문이 막힌 눈치였다. 그걸 보니 이즈미도 알고 있었구나 싶었다.

— 용서하지 않을 거야.

— 절대로 용서하지 않을 테니까.

— 너를 원망해.

오사루는 과거 자신을 괴롭힌 상대에게 복수를 하고 싶은 걸까. 아니면 단순히 옛 친구를 만나 반가워하는 걸까. 그것도 아니면 둘 다인 걸까.

오사루는 죽었다. 그리고 여기 갇혀 있었다. 여기서 친구가 나타나기를 간절히 바라고 있었다.

'오사루가 죽은 원인은 뭐였더라….'

결국 기억해 내지 못했다. 동급생의 죽음이라는 건 결코 흔한 일이 아닌데 왜 죽은 이유가 기억나지 않는 걸까. 사고였나? 아니면 병으로?

숨이 막혀서 어쩔 수 없이 창문을 열고 바람이 통하게 했다. 밤의 어둠에 가려져서 언덕은 보이지 않았다. 하지만 거기 있다는 건 느껴졌다.

— 괴물의 내장.

뭐지?

— 장례식이 있습니다.

— 변경에서 장례식이 열린대.

— …를 마지막으로 본 사람은…

이 말들은 대체?

— 본 사람 없니?

타키 선생님의 목소리.

— 방과 후에 …를 본 사람이 있으면…

나는 맹렬한 거부감에 휩싸였다.

싫어. 기억해 내고 싶지 않아.

— 아는 사람은 선생님한테 말해 주렴.

더 이상 기억해 내고 싶지 않았다.

— 히로시, 너도 조심해라.

엄마의 목소리.

반 친구들. 어수선한 분위기. 선생님의 얼굴.

— 오사루, 500만 엔이래.

— 경찰이 왔더라.

— 발견됐대요, 그 아이.

나는 손바닥으로 얼굴을 감싼 채 그 자리에 주저앉았다. 그리고 그대로 몸을 말고 바닥에 엎드렸다.

— 나도…

기억하고 싶지 않다. 더 이상은 무리다.

— 나도 가도 돼?

— 나도

— 가도 돼?

"히로시…?"

고개를 들자 이즈미가 걱정스러운 표정으로 나를 들여다보고 있었다.

"…기억났어."

나는 말했다. 이즈미가 고개를 갸웃거렸다.

"기억이 났어. …그 녀석은 우리가 죽인 거야."

"무슨 소리야?"

"그 녀석을 데려가지 않았어. 그래서 죽은 거야."

전부 기억이 났다.

나는 오사루가 싫었다. 나뿐만 아니라 반 아이들 모두가 싫어했다.

오사루는 왜소하고 깡마른 아이였다. 어째서인지 늘 온몸이 멍투성이였다. 딱히 못생긴 것도 아니고 성격이 나쁜 것도 아니었지만 아이다운 천진난만함은 찾아볼 수 없었다. 언제나 말없이 구석에 처박혀 있었고, 우리가 때리고 괴롭혀도 전혀 반응하지 않았다.

머리는 나쁘지 않은 것 같았지만 수업 시간에 선생님이 질문해도 입도 뻥끗하지 않았다. 지금 생각하면 오사루는 너무 긴장한 나머지 말을 하지 못했던 것이 아닌가 싶다.

아이들만 있는 자리에서는 말을 할 때도 있었지만 유쾌한 대화와는 거리가 멀었다. 다른 사람 눈치를 보면서 잔뜩 주눅이 들어서 더듬거리며 몇 마디 하는 것이 고작이었다. 보고만 있어도 짜증이 절로 났다. 그래서 남자 여자 할 것 없이 모두가 오사루를 싫어했다.

음침해서 기분 나쁘다는 것이 모두의 공통된 견해였다.

오사루는 음침한 아이였고, 왕따였고, 모두와 함께 어울리는 일이 없었다. 아니, 정확히는 함께 어울리지 못했다.

항상 혼자서 모형 비행기를 만들고 있었다.

1월인가 2월이었던 걸로 기억한다. 추위가 절정에 달한 시기였다.

같은 반 남자애들 몇 명이서 신사에 갔다. 그중에는 카네코도 있었다. 신사로 가는 돌계단은 괴물의 내장이라고 불렸다. 누가 붙인 이름인지는 기억나지 않는다. 아마도 처음에 누군가 한 명이 괴물의 내장 같다는 말을 했고, 다들 그걸 따라 부르기 시작한 것이리라.

우리는 신사에 놀러 갔다가 거기서 오사루를 만났다. 그게 왠지 마음에 들지 않아서 다른 데로 장소를 옮기자는 이야기가 나왔다. 한 명이 자기 집에 가서 놀자고 해서 그러기로 했다. 그 이야기를 옆에서 듣고 있던 오사루가 말했다.

"나도 가도 돼?"

우리는 오사루를 비웃었다.

의미 없이 쥐어박고 밀쳐서 바닥에 나동그라지는 모습을 보며 웃었다. 실컷 괴롭힌 다음 오사루를 그 자리에 내버려 둔 채 떠났다.

왁자지껄 웃고 떠들며 돌계단을 내려가는 우리를 오사루가 쓸쓸한 표정으로 바라보는 것이 느껴졌다. 나는 오사루의 부러운 시선을 무참히 짓밟고 떠나는 것에 묘한 쾌감을 느꼈다.

계단을 내려가면서 누군가 오사루가 너무 건방진 것 같다는 말을 꺼냈고, 가학적인 쾌감에 젖어 있던 우리 모두는 그 기세를 몰아 오사루를 따끔하게 혼내 주기로 했다.

내일 학교에서 오사루를 보더라도 무시할 것. 오사루와 말하는 사람은 벌금. 즉석에서 의견이 모아졌다.

다음 날, 모두가 단단히 벼르며 학교에 갔다. 하지만 오사루는 학교에 오지 않았다.

그로부터 열흘 후, 신사의 마루 밑에서 오사루의 시체가 발견되었다.

우리가 전후 사정을 알게 된 것은 시체가 발견된 후였다.

오사루는 유괴당했다. 몸값은 500만 엔. 협박 전화는 한 번밖에 걸려오지 않았다. 그 전화가 걸려오기 전에 오사루는 이미 살해당해 신사 마루 밑에 묻힌 상태였다. 오사루가 죽은 건 우리가 녀석을 내버려 두고 떠난 직후였다.

아마도 범인은 경내에 홀로 외로이 남겨진 아이를 보고 납치하기로 마음먹었을 것이다. 그렇지 않아도 신사는 언덕 위에 위치한 데다가 숲으로 둘러싸여 있어서 사람들 눈에 잘 띄지 않았다. 친구들이 노는 데 끼워 주지 않아서 풀이 죽은 아이에게 상냥한 목소리로 말을 걸어서 이름이

나 집을 알아내는 건 전혀 어려운 일이 아니었을 것이다.

그날 돌계단을 다 내려가서 마지막으로 뒤를 돌아봤을 때, 오사루는 땅바닥에 주저앉아 발목을 붙잡고 있었다. 어쩌면 우리가 밀어서 넘어졌을 때 어딘가에 세게 부딪히거나 발목을 삐었을지도 모르겠다는 생각이 들었다. 만약 정말 어디를 다친 거였다면 상대는 그런 오사루를 보고 부모님을 데려오겠다고 했을지도 모른다. 오사루는 아무런 의심 없이 집 주소며 전화번호를 알려 주었을 것이다.

범인은 오사루에게 말을 걸어서 집이 어딘지 알아낸 다음 오사루를 죽이고 시체를 땅에 묻었다. 그리고 그날 밤, 오사루의 집에 전화를 걸어서 몸값을 요구했다.

그날 오사루가 우리와 이야기하는 모습을 목격한 사람이 있었다. 근처에 사는 아이가 신사에 왔다가 돌아가는 길에 우리를 본 것이다. 타키 선생님은 오사루와 마지막으로 이야기한 사람이 누구인지 아는 사람은 자기한테 알려 달라고 했다. 그 사람이 범인을 봤을지도 모른다면서.

우리는 겁이 났다. 범인은 보지 못했지만 그날 오사루가 우리와 함께 있었다는 사실이 알려지면 우리도 범인에게 해코지를 당할 것만 같았다. 우리는 끝까지 비밀을 지키기로 맹세했다.

처음에는 범인이 무서워서 말하지 못했다. 그 후에는 우리가 오사루를 괴롭힌 걸 들킬까 봐 말하지 못했다. 우리는 두 번 다시 신사에 가지 않았다. 변경으로 가는 일 자체가 눈에 띄게 줄었다.

아무도 오사루의 이름을 입에 올리지 않게 되었다.

정신을 차리고 보니 나는 이즈미를 붙잡고 횡설수설 떠들어 대고 있었다.

"우리 때문이야. 우리가 죽인 거야."

이즈미가 딱 잘라 대답했다.

"그렇지 않아. 히로시랑은 상관없어."

"상관없지 않아. 우리가 같이 데려갔으면 안 죽었을 거야. 그런 식으로 오사루를 혼자 남겨 두고 떠나지 않았더라면. 그랬더라면 그런 일도 일어나지 않았을 텐데."

"절대로 그런 일이 일어나지 않았을 거라고 장담할 수 있어?"

이즈미의 꾸짖는 듯한 말투에 나는 대답하지 못했다.

"사람한테는 수명이라는 게 있어. 그게 그 아이의 수명이었을 거야. 너희와 함께 갔더라도 집으로 돌아가는 길에 죽었을지도 모르잖아. 그럴 운명이었던 거야, 분명."

"아니야!"

그 아이. 노란색 분필. 시체들로 가득한 낙서.

오사루는 나를 원망하고 있는 걸까?

— 맞아.

오사루의 집. 어느 날 갑자기 무참하게 살해당해 그곳을 떠나지 못하고 남겨진 원한. 그 자리에 세워진 하이츠 그린 홈. 거기로 이사 온 나. 복수의 기회. 낙서는 점점 더 가까이 다가오고 있다. 5호실에 살던 사람은 죽었다.

— 죽어 버려.

나는 내가 어떤 잘못을 저질렀는지 알고 있었다. 당시의 나로서는 딱히 악의를 가지고 한 일도 아니었고, 따라서 평소라면 죄의식을 느끼지도 않았겠지만, 그것이 초래한 너무나 무거운 결말 때문에 내 안에 뿌리 깊게 자리 잡은 죄책감에서 벗어날 수 없었다.

— 너를 원망해.

나는 혐오했다. 자신이 저지른 행동을, 나 자신을, 그 사건에 가담했던 모두를. 그래서 잊고 싶었다. 오사루도, 카네코도, 신사도. 전부 기억에서 지워 버리고 싶었다.

— 절대로 용서하지 않을 테니까.

"원망한다고 했어."

내가 말하자 이즈미가 눈썹을 찌푸렸다.

"누가?"

나는 어제 있었던 일을 설명했다. 욕실에서 본 아이. 그 아이의 목소리.

내 이야기를 들은 이즈미가 단호한 말투로 말했다.

"그 말은 사실이 아니야."

"뭐?"

"그냥 장난이라고."

"대체 무슨 근거로…."

이즈미는 내 눈을 들여다보며 말했다.

"진정하고 내 말 잘 들어. 귀신은 거짓말쟁이야."

'거짓말쟁이?'

"귀신이 하는 말은 거의 다 거짓말이라고 보면 돼. 그러니까 믿을 필요 없어."

"하지만…."

"그 녀석은 네 마음을 읽어서 일부러 네가 듣고 싶지 않은 말을 골라서 한 거야."

'내가 듣고 싶지 않은 말….'

"히로시 너랑 죽은 그 아이밖에 모르는 사실을 말했다면 모를까 그런 게 아니라면 믿지 마."

"그런…가?"

갑자기 온몸에 힘이 풀렸다.

"그래. 무엇보다 그 아이는 신사에서 죽었다며. 그렇다면 이곳에 갇혀 있을 리가 없잖아."

'듣고 보니 그렇네…'

"마음을 굳게 먹어야 해. 무슨 일이 있어도 살고 싶다고. 안 그러면 끌려가게 될 거야."

이즈미가 진지한 얼굴로 말했다.

"…당연히 나도 살고 싶어."

"거짓말. 만약 낙서의 범인이 예전에 죽은 그 아이라면 그 친구 손에 죽게 되더라도 어쩔 수 없다고 생각했으면서."

'사실은… 그랬을지도….'

"그렇게 생각하면 안 돼. 죽고 싶지 않다는 생각, 살고 싶다는 마음이 너를 그놈들로부터 지켜 줄 거야. 그 편지랑 똑같아. 그걸 읽고 공감한 사람이 자살하게 되는 거야. 마음이 흔들리지 않는다면 아무도 너를 데려갈 수 없어."

나는 고개를 끄덕였다.

"그런가…. 역시 그렇겠지? 미안. 고마워."

이즈미는 그제야 표정을 풀고 다시 미소를 지었다.

"걱정하지 마. 내가 꼭 지켜 줄 테니까."

"네가?"

내가 놀리듯 묻자 이즈미는 진지한 얼굴로 고개를 끄덕였다.

"응, 반드시 지켜 줄게."

이즈미는 정말로 애 같다는 생각이 들었다. 때 묻지 않은 순수한 어린아이 같았다.

"그럼 잘 부탁해."

"응!"

이즈미가 활짝 웃으며 대답했다. 신기할 정도로 기분이 좋아 보였다.

그 후 이즈미가 언제 돌아갔는지는 기억나지 않는다. 이즈미는 꾸벅꾸벅 졸고 있는 내게 문을 제대로 잠그라는 말을 남기고 밖으로 나갔다. 창밖이 밝았다. 나는 반쯤 잠든 상태로 현관문을 걸어 잠갔다. 제대로 자리에 누워 자고 일어나니 오후 3시였다.

'본의 아니게 학교를 빼먹어 버렸네.'

그런 생각을 하며 복도로 나가 보았다.

'괜찮아. 무서워할 필요 없어.'

낙서는 내 방 앞에서 멈춰 있었다. 정확히는 문 바로 앞에서. 토막 난 시체 하나가 현관문 앞에 그려져 있었다.

나는 담담한 마음으로 낙서를 내려다보았다.

낙서가 시작된 위치는 어젯밤 아이가 앉아 있던 곳 근처였다.

어제 그린 낙서는 오늘 아침에 그 낙서를 발견한 누군가가 관리인 노자키 씨에게 말해 지우게 했을 것이다. 그렇다면 아이는 오늘 노자키 씨가 청소를 마친 후에 끊긴 부분부터 다시 이어서 그렸다는 말이었다.

냉정하게 상황을 분석하고 있는 내가 스스로 생각하기에도 이상했다.

밖에 나가 식사를 하고 방으로 돌아왔다.

— 죽고 싶지 않다는 생각, 살고 싶다는 마음.

이즈미 말이 맞다.

나는 혼자서 고개를 끄덕였다. 그리고 오늘까지 겨우 열하루를 산 방을 둘러보았다. 그러면서 여기를 나가자고 결심했다.

아버지는 잔소리를 늘어놓겠지. 나오코 아줌마는 집으로 들어오라고 할 것이다. 소모적인 공방이 이어질 것이고, 어쩌면 정말로 집으로 끌려가게 될지도 모른다. 그래도….

'죽는 것보다는 낫겠지.'

그건 분명했다.

낙서를 하는 아이가 오사루라면 그 녀석 손에 죽게 되

더라도 어쩔 수 없다고 생각한 건 사실이다. 하지만 죄책감 때문에 순순히 죽음을 받아들이겠다는 의미는 결코 아니었다.

나는 이곳에서 도망치고 싶었다. 여기서 계속 살고 싶지 않았다. 하지만 집으로 돌아가기도 싫었고, 그러기 위해서 아버지와 나오코 아줌마를 설득하기도 싫었다. 말해 봤자 두 사람이 받아들일 리도 없고 헛수고일 게 뻔하다고 생각했기 때문이다.

나는 하이츠 그린 홈에 머물고 싶지 않았다. 그와 동시에 여기서 나가고 싶지도 않았다. 여기서 나가기 위해 어떤 행동을 일으키고 그 결과에 책임을 지기가 싫었다. 내가 가진 선택지는 한정되어 있었고, 그중 마음에 드는 것이 하나도 없어서 아무것도 선택하고 싶지 않았다. 원하지 않는 선택에서 도망친 결과가 될 대로 되라는 식의 자포자기였던 것이다.

오사루에게는 잘못한 게 있으니 복수를 당해도 어쩔 수 없다. 입으로는 그렇게 말하면서도 사실 정말로 죽을지도 모른다는 생각은 하지 않았다. 설마 진짜로 그런 일이 일어나겠느냐며 그저 원하지 않는 선택에서 눈을 돌릴 핑계로 삼았을 뿐이다.

각각의 선택지가 가진 장점과 단점. 나는 하나를 선택함으로써 그것이 가진 단점까지 끌어안을 각오가 되어 있지 않았다. 이것도 싫고 저것도 싫고 다 싫다며 떼쓰는 어린 아이처럼 바닥에 주저앉아 어떻게든 그 자리를 모면하려고만 했다. 결국 내가 지금 이 하이츠 그린 홈에 있는 이유도 그래서였다.

'이즈미, 내 말이 맞지?'

슬며시 미소를 지은 순간, 초인종이 울렸다.

"…누구세요?"

외시경을 들여다보자 옆방에 사는 오오바야시 씨의 얼굴이 보였다. 평소처럼 언짢은 표정은 아니었다.

"옆방 사람인데요."

나는 도어체인을 건 상태로 문을 열었다.

오오바야시 씨는 정신 사납게 몸을 흔들며 내게 물었다.

"갑자기 찾아와서 미안한데 혹시 집에 뭐 이상한 거 가지고 있니?"

"이상한 거요?"

나는 대답하며 도어체인을 풀었다.

"응. 내 방에서 이상한 냄새가 나거든."

오오바야시 씨가 불평했다.

"여기서는 냄새 안 나니?"

"네, 안 나는데요."

오오바야시 씨가 납득이 가지 않는다는 듯 고개를 갸웃거렸다.

"이상하네. 내 방에서만 나는 건가? 정말로 아무 냄새도 맡은 적이 없니?"

"네. 어떤 냄새인데요?"

"아주 고약한 냄새야. 기분 탓은 아닌 것 같은데…. 잠깐만 와 볼래?"

나는 고개를 끄덕이며 오오바야시 씨를 따라나섰다. 문 밖으로 나간 후에야 열쇠를 가져오지 않았다는 사실을 깨달았지만 오오바야시 씨가 서두르는 눈치여서 문은 잠그지 않은 상태로 놔두고 따라갔다.

"…요즘 빌라 안팎에서 이상한 일이 많잖아. 그러다 보니 아무래도 신경이 쓰여서 말이야."

오오바야시 씨가 자기 방 문을 열며 말했다.

"그건 그렇죠. 실례하겠습니다."

나는 가볍게 고개를 숙이며 안으로 들어갔다. 집 안에 들어선 순간, 무언가 썩은 듯한 냄새가 코를 찔렀다.

"맞지? 네가 느끼기에도 이상한 냄새가 나지?"

"…그렇네요."

"무슨 냄새 같니?"

"글쎄요…, 뭔가 썩고 있는 것 같은데요."

"어디 쥐나 고양이 사체 같은 거라도 있는 건가."

나는 고개를 저었다. 알 수 없었다.

"이거 물어보려고 어젯밤에도 네 방에 갔었는데 집에 없더라."

"…제가요?"

"응. 초인종을 눌러도 방문을 노크해도 답이 없던데."

초인종은 울리지 않았다. 노크 소리가 딱 한 번 들리긴 했지만 이즈미가 문 밖을 확인했을 때는 아무도 없었다고 했다….

"몇 번이나 갔는데."

몇 번이나 왔었다고?

이해가 가지 않았다. 자세한 이야기를 들어보고 싶었지만 그 전에 우선 이 악취 문제부터 해결해야 했다. 서둘러 실체를 확인하지 않으면 안 될 것 같은 묘한 긴박감이 느껴졌다.

"이 냄새는 어디서 나는 걸까요?"

내가 묻자 오오바야시 씨는 욕실을 가리켰다. 오오바야시 씨의 집은 내 방과 좌우 대칭을 이루는 구조였다. 내 방과 반대로 현관 오른쪽에 욕실 문이 있었다.

"욕실에서 나는 것 같아. 저기가 제일 냄새가 심하거든."

"제가 좀 봐도 될까요?"

"그래."

나는 문손잡이를 잡고 돌렸다. 연결부에 문제가 있는지 유난히 묵직하게 느껴지는 문을 연 순간, 엄청나게 역한 냄새가 흘러나왔다. 한 번도 맡아 본 적 없는 강한 악취였지만 무언가가 썩는 냄새라는 건 직감적으로 알 수 있었다.

속이 메슥거려서 고개를 돌렸다. 티셔츠 밑단을 끌어올려 코를 막았다. 냄새 때문에 숨을 제대로 쉬기가 어려웠다.

욕실은 깨끗한 편이었다. 아이보리색으로 통일된 좁은 공간. 변기 커버는 올려져 있었다. 세면대는 바싹 말라 한동안 사용하지 않은 듯했다. 냄새가 날 만한 것은 보이지 않았다. 욕조에 샤워 커튼이 쳐져 있었다. 반투명 커튼 너머로 욕조에 덮개가 씌워져 있는 것이 보였다.

샤워 커튼을 젖히자 강렬한 악취가 나를 덮쳤다.

반사적으로 구역질이 치밀어 올라 나도 모르게 한 발 물러섰다. 고개를 옆으로 돌리고 숨을 골랐다. 냄새는 욕조 덮개 아래에서 나는 듯했다. 목욕한 후에 욕조의 물을 빼지 않았나? 거기에 쥐 같은 게 빠져 죽기라도 한 건가?

'하지만…'

그런 생각을 하면서 손을 뻗어 조심스레 덮개를 들어 올렸다.

'아무리 그래도…'
냄새가 한층 더 심해졌다.
'딱 보면 어디서 냄새가 나는지…'
욕조 안은 검붉은 액체로 가득 차 있었다.
'바로 알 수 있는데…'
나는 코를 틀어막은 채 자세히 들여다보았다.
'어째서 오오바야시 씨는 내게 물으러 온 걸까?'
욕조 안에 든 물체가 무엇인지 처음에는 알아보지 못했다. 걸쭉한 액체 속에 가라앉아 있는 무언가. 하얗고 물렁물렁해 보이는 덩어리.
다시 한번 잘 살펴보았다. 거기 있는 것이 무엇인지 내 눈은 인식했지만 머리는 받아들이기를 거부했다. 나는 멍하니 욕조 안을 내려다보았다.

똑, 하고 맑은 소리가 등 뒤에서 들렸다. 일정한 간격을 두고 간헐적으로 들려 왔다.
어딘가에서 들은 적이 있는 소리였다. 나는 이 소리를 기억하고 있었다.
무언가… 액체가 방울져 떨어지는 소리. 물방울이 바닥

에 부딪히는 소리.

난데없이 머리를 세게 얻어맞은 기분이었다.

온몸이 산산조각 나서 영혼이 고스란히 겉으로 드러난 것만 같았다. 나는 비명을 질렀다. 비명을 질렀지만 소리가 나오지 않았다. 욕조 안 광경이 망막에 선명하게 새겨졌다. 나는 뒤를 돌아보았다. 스스로 몸을 움직인 기억은 없지만 시야가 멋대로 등 뒤로 이동했다. 욕조 문이 보였다.

오오바야시는 오른손에 쇠망치를 들고 있었다. 웃으면서 이쪽을 쳐다보고 있었다.

오오바야시가 천천히 오른손을 들었다. 시간이 늘어졌다. 한 컷씩 넘어가는 정지 화면처럼 느릿느릿 올라가는 손을 바라보는 동안 많은 것들이 머리를 스치고 지나갔다.

— 5일.

오오바야시 씨의 방으로 들어가던 중성적인 인상의 여자.

— 금방 갈게.

— 어젯밤에도 네 방에 갔었는데.

검붉은 흙탕물. 물속에 반쯤 가라앉고 반쯤 떠 있는 하얀 물체.

하얀 피부. 부드러운 곡선. 팔의 라인. 팔이 비정상적으로 짧았다.

욕조 구석에 떠 있는 손가락. 손가락에서부터 이어지는

손바닥. 손목. 그리고 부패한 단면.

— 걱정 마. 안 아프게 해 줄 테니까.

팔, 다리, 몸통, 머리카락. …머리.

수면 위로 부글부글 거품을 일으키며 썩어 들어가는 것.

— 금방 끝날 거야. 아주 커다란….

잘리고 토막 난 상태로 더러운 물속에서 녹아가는 시체.

— 톱이 있거든….

오오바야시가 천천히 팔을 휘둘렀다.

쇠망치의 검은 금속부가 빛을 반사해 반짝였다. 손잡이 부분에 정체불명의 얼룩이 묻어 있었다.

쇠망치를 움켜쥔 오오바야시의 손은 손가락 마디마디가 굵고 손톱 사이가 새카맸다.

오오바야시 등 뒤로 보이는 부엌 싱크대 수도꼭지에서 물이 떨어지고 있었다.

내게는 많은 시간이 있었다. 오오바야시를 자세히 관찰할 시간이. 나는 눈도 한 번 깜빡이지 않고 그 모든 것을 지켜보았다.

나를 향해 내려오는 쇠망치가 천천히 긴 포물선을 그리며 공중에 빛의 잔상을 남기는 것까지 홀린 듯 쳐다보고 있었다.

갑자기 시야가 크게 흔들렸다. 벽이 기울고 바닥이 머리

위로 회전했다. 뭔가 큰 소리가 났다. 어깨에 통증이 느껴졌다. 무슨 일이 일어난 것인지 파악이 되지 않았다.

쇠망치는 세면대를 직격했다. 산산조각 난 세면대의 부서진 파편이 내 눈을 향해 날아왔다. 나는 반사적으로 눈을 꾹 감았다. 감았던 눈을 다시 뜨자 시간이 빠르게 흘러가기 시작했다.

오오바야시가 이쪽을 돌아보았다. 나는 그 자리에서 벌떡 일어났다.

벽에 부딪힌 어깨가 아팠다. 그제야 무슨 일이 일어났는지 이해가 갔다. 나는 내가 본능적으로 몸을 던져서 쇠망치를 피했다는 사실을 깨달았다.

오오바야시는 쇠망치를 쥔 손을 다시 들어올렸다. 나는 자리에서 일어나면서 녀석의 다리를 혼신의 힘을 다해 걷어찼다.

상대가 몸의 균형을 잃고 세면대 위로 고꾸라지는 것을 곁눈질로 살피며 서둘러 몸을 일으켰다.

세면대에 얼굴을 처박았던 오오바야시가 바로 다시 고개를 들어 나를 보았다. 쇠망치를 머리 위로 높이 쳐들었다.

나는 몸을 말고 머리를 숙인 자세로 상대의 품으로 돌진했다. 마구잡이로 휘두르는 녀석의 팔을 두 손으로 붙잡고 벽에 내려치자 녀석이 놓친 쇠망치가 내 뺨을 묵직하게 스치며 바닥에 떨어졌다.

그대로 오오바야시의 복부를 어깨로 들이받으며 체중을 실어서 힘껏 밀쳐 내자, 녀석의 몸이 기우뚱하더니 욕조 위로 쓰러졌다.

나는 뒤로 물러섰다. 오오바야시의 상체가 샤워 커튼을 휘감으며 욕조 덮개를 부수고 검붉은 물보라를 일으키며 욕조 속에 처박히는 것을 확인하고는 욕실에서 뛰쳐나와 현관으로 달려갔다.

나는 현관문을 힘껏 열고 밖으로 나왔다.

속도를 줄이지 못해 그대로 복도 난간에 쾅 하고 부딪혔다. 난간을 붙잡고 힘겹게 몸을 일으키며 어질어질한 머리를 가볍게 흔들었다.

현관문이 천천히 닫히고 있었다. 그때 지저분한 손이 불쑥 튀어나와 문을 움켜잡았다. 손가락 마디가 불거진 손이 닫히려던 문을 활짝 열어젖혔다. 악취가 복도로 밀려 나왔다.

나는 오오바야시를 쳐다보며 자리에서 일어났다. 다리에 힘이 들어가지 않았다.

머리 꼭대기에서부터 더러운 물을 뒤집어쓴 남자는 얼굴을 붉게 물들인 채 웃고 있었다. 한 손에는 쇠망치를 쥐고 있었다.

오오바야시가 팔을 높이 쳐들었다. 나는 피하려고 했지만 맨발이 바닥에 미끄러지면서 발을 헛디뎠다.

— 망했다!

바로 그 순간, 현관문이 오오바야시의 몸을 강타했다.

7장 · 죽은 자에게는 죽은 자의 꿈

7장

•

죽은 자에게는 죽은 자의 꿈

문이, 정확히는 8호실 문을 향해 몸을 날린 이즈미가 나를 위기에서 구했다.

오오바야시는 뒤로 쓰러져 현관 바닥에 나뒹굴었다. 이즈미가 재빨리 내 손을 잡아끌었다. 그 작은 체구에서 나온다고는 믿을 수 없는 힘으로 나를 9호실 앞으로 끌고 갔다.

이즈미가 현관문을 열었다. 건물 구조상 8호실과 9호실 문이 가까이 위치한 데다가 아까 문을 잠그지 않고 나왔던 게 천만다행이었다.

나는 비틀거리며 내 방으로 들어갔다. 이즈미도 따라 들어왔다. 문틈으로 이쪽을 향해 돌진해오는 오오바야시의 모습이 보였다.

이즈미가 잽싸게 문을 닫고 이어서 내가 열쇠를 잠갔다.

찰칵 하고 문이 잠기는 소리와 동시에 무언가가 문에 쾅 하고 와서 부딪혔다. 이즈미가 나머지 자물쇠 하나도 마저 잠그고 마지막으로 내가 도어체인을 걸었다.

또다시 문이 굉음을 내며 흔들렸다.

나는 그 자리에 주저앉았다.

체력은 바닥을 쳤고, 가까스로 붙잡고 있는 의식 역시 금방이라도 달아나 버릴 것만 같았다.

"괜찮아?"

이즈미가 현관 바닥에 주저앉은 내 얼굴을 마주보며 물었다.

나는 숨이 차서 대답이 불가능한 상태였기 때문에 고개만 끄덕였다. 손발이 덜덜 떨리고 눈물이 났다.

이즈미가 내민 손을 잡고 일어났다. 문이 또 쿵 하고 흔들렸다. 오오바야시가 뭔가 고래고래 소리를 질러 대고 있었다.

나는 후들거리는 다리로 방 안에 놓인 전화기를 향해 다가갔다. 수화기를 집어 들고 손가락으로 1을 누르려는데 신호음이 들리지 않았다. 전화선을 뽑아 두었다는 사실이 기억났다.

전화선을 연결하는 단순한 작업조차 지금 같은 상황에서는 쉽지 않았다. 손이 떨려서 몇 번이나 선을 떨어뜨렸고, 고생해서 단자에 갖다 대더라도 방향이 잘못되었는지 들어가지 않았다.

간신히 선을 연결하고 다시 수화기를 귀에 가져갔다. 여전히 신호음이 들리지 않았다.

"…전화가 안 돼."

내 말에 이즈미가 수화기를 집어 들었다. 귀에 대고 확인해 보더니 이내 고개를 저었다.

"무슨 일이 있었던 거야?"

이즈미가 부엌에서 물을 떠다 주며 물었다.

나는 컵을 받아들었지만 도저히 마실 수 있는 상태가 아니었다. 이가 계속 덜덜 떨려서 컵에 부딪히기만 할 뿐 물을 입에 머금는 것조차 불가능했다.

목이 말랐지만 천천히 숨을 고르면서 떨림이 잦아들 때까지 컵을 바라보고 있을 수밖에 없었다. 그렇게 한참이 지난 후에야 겨우 미지근한 물을 목구멍으로 넘길 수 있었다.

"장난 전화…, 오오바야시가 범인이었어."

욕조 안 광경이 눈앞에 떠올랐다. 반사적으로 구역질이 치밀어 올랐다.

"옆방… 욕조에… 시체가 있었어…."

"누구 시체였는데?"

"몰라. 여자였어. 전에 오오바야시 방으로 들어가는 걸 본 적이 있어."

"시체를 직접 봤어? 어땠어?"

이즈미는 천진난만한 눈으로 나를 쳐다보며 물었다.

"말도 마. 생각하기도 싫어."

내가 진저리를 치자 이즈미는 시무룩해졌다.

"당분간은 밥이 안 넘어갈…"

나는 말을 하다 말고 현관 쪽을 보았다.

"…소리가 멈췄네."

어느샌가 문밖이 조용해졌다.

"내가 보고 올까?"

자리에서 일어나려는 이즈미의 팔을 끌어당겨 다시 앉혔다.

"너 바보야? 밖에서 기다리고 있으면 어쩌려고!"

"그런가…."

이즈미는 순순히 다시 앉더니 고개를 갸우뚱했다.

"전화가 안 되면 경찰도 못 부르잖아. 이제 어떡하지?"

새하얀 피부에 아이 같은 눈으로 내게 물었다.

해가 지기 시작해서 주위가 어둑어둑했다.

"…너 진짜 이상한 녀석이구나. 안 무서워?"

방 안의 불을 켜며 묻자 이즈미는 고개를 갸웃거렸다.

"음…, 무섭지는 않은 것 같아."

"왜 안 무서워? 저 녀석이잖아, 네가 전에 무섭다고 한 놈. 그놈이 오오바야시한테 붙은 거 아냐?"

— 직접 무슨 짓을 하는 건 아니야. 그냥 사람한테 달라붙어서 그 상대를 미치게 만들 뿐이야.

"응, 그런 것 같아."

"그런데 지금 이 상황이 안 무서워?"

이즈미는 미소를 지었다.

"둘이니까 어떻게든 되겠지."

바로 그때.

베란다 쪽 창문이 깨졌다.

방 전체가 흔들릴 정도로 큰 소리가 나면서 커튼이 흔들렸다. 흔들리는 커튼 아래로 크고 작은 유리 파편이 어지럽게 흩어졌다.

우리는 동시에 벌떡 일어났다.

커튼을 걷으며 오오바야시가 안으로 들어왔다. 시체 썩

는 냄새가 진동을 했다.

오오바야시의 등 뒤로 별이 보였다. 밤이 찾아오고 있었다.

아차 싶었다. 현관문을 걸어 잠근 것에 안심해서 베란다는 완전히 잊어버리고 있었다. 오오바야시는 베란다를 통해 옆방에서 넘어온 것이었다.

오오바야시는 웃고 있었다. 목소리가 익숙했다. 수화기 너머로 몇 번이고 들었던 바로 그 웃음소리였다.

한쪽 손에는 여전히 쇠망치를 들고 있었다. 유리창을 깨다가 다쳤는지 손이 온통 피투성이였다. 오오바야시가 웃으며 이쪽으로 다가왔다.

이즈미가 한 발 앞으로 나섰다.

"현관으로."

내 앞에 선 이즈미가 등 너머로 내게 짧게 말했다.

'이즈미의 체격으로 저 남자를 막을 수 있을 리가 없을 텐데.'

나는 잠시 망설였지만 이러고 있을 때가 아니라는 생각에 현관을 돌아보았다.

아이가 있었다.

노란색 원복을 입은 아이가 현관에 쪼그리고 앉아 문에 낙서를 하고 있었다.

"히로시!"

고개를 돌리자 이즈미가 머리 위로 높이 쳐든 남자의 팔을 붙든 채 이쪽을 보고 있었다.

"그 아이는 괜찮으니까 어서 도망쳐!"

머리보다 몸이 먼저 움직였다.

나는 두 사람 쪽으로 달려가 오오바야시의 팔을 붙잡았다. 쇠망치를 쥔 손을 비틀어서 밀어 올렸다.

"히로시!"

"여긴 내가 맡을게."

내 말을 듣고 이즈미가 뒤로 빠지더니 문을 향해 달려갔다.

오오바야시가 끙 하고 신음을 내뱉었다. 쇠망치를 내리누르는 힘이 한층 더 강해졌다. 두 팔로 아슬아슬하게 버티고 있는데 오오바야시가 내 다리를 걷어찼다.

나는 그 자리에 그대로 나동그라졌다.

내게 달려드는 오오바야시를 보고 잽싸게 옆으로 굴러 피했다.

손을 짚어 일어나려는데 무거운 바람이 느껴졌다. 반사적으로 피했지만 어깨에 날카로운 감촉이 스치고 지나갔다. 반동 때문에 다리가 휘청였다. 비틀거리며 벽 쪽으로 몰린 내게 두 번째 공격이 날아들었다.

나도 모르게 눈을 질끈 감았지만 충격은 느껴지지 않았다.

눈을 떠 보니 어느샌가 돌아온 이즈미가 전력을 다해 밀쳤는지 오오바야시가 탁자 위에 쓰러져 있었다.

"이즈미!"

가냘픈 몸이 재빠르게 한 발 물러섰다.

나는 그 모습을 확인한 후 방향을 틀어 현관을 향해 달렸다.

아이는 여전히 거기 쪼그리고 앉아 있었다. 자그마한 뒷모습.

'죽지 않을 거야.'

'저런 녀석 따위에게 죽을 순 없어.'

'이즈미도 나도 죽지 않을 거야.'

아이가 이쪽을 돌아보았다. 그러더니 현관문을 등진 채 천천히 일어났다.

나는 그 자리에 우뚝 멈춰 섰다.

주름투성이 얼굴. 안쪽으로 말려 들어간 쪼글쪼글한 입과 주름 사이에 파묻힌 눈.

미라처럼 말라비틀어진 노인의 얼굴이었다.

노인이 이가 다 빠진 입을 벌리고 웃었다.

그러고는 잔뜩 갈라진 목소리로 말했다.

"도망 못 가…."

그때 와장창 유리 깨지는 소리가 들렸다. 뒤를 돌아보자 두 사람의 모습이 눈에 들어왔다. 몸싸움을 벌이던 이즈미와 오오바야시가 아까 깨지지 않고 남아 있던 창문에 처박히는 소리였다.

베란다로 넘어갈 뻔한 이즈미가 다리에 힘을 주고 버텼다. 오오바야시는 그대로 창틀 밖으로 굴러떨어졌다.

나는 다시 문 쪽을 향해 몸을 돌렸다. 등 뒤에서 이즈미가 이리로 달려오는 게 느껴졌다.

내 앞을 가로막고 선 아이(노인?)는 웃고 있었다.

나는 개의치 않고 발을 내디뎠다.

"비켜!"

'아무도 죽게 하지 않아.'

'나도 이즈미도 반드시 살아남을 거야.'

"비키라고!"

아이의 존재를 무시한 채 현관문을 향해 돌진했다. 아이를 짓밟았을 텐데 아무런 감촉도 느껴지지 않았다. 자물쇠를 풀면서 발밑을 살폈다.

아이의 모습은 보이지 않았다.

도어체인을 풀고 문을 바깥쪽으로 밀었다.

…문은 열리지 않았다.

❖

창틀을 타고 다시 들어온 오오바야시를 이즈미가 막아섰다.

나는 혼신의 힘을 다해 문을 밀어 보았다.

문은 5센티미터 정도 열리고 더 이상은 꿈쩍도 하지 않았다.

문틈으로 바깥쪽에 물건이 쌓여 있는 것이 보였다.

"당신이 한 짓이야?!"

내가 오오바야시를 보며 소리치자 남자는 이즈미를 향해 들어 올렸던 팔을 멈추고 실실 웃었다.

"안 열릴걸."

어린아이를 놀리는 듯한 말투였다.

"넌 절대 못 열어."

오오바야시는 기괴한 음성으로 노래하듯 말하며 자지러지게 웃었다.

이즈미가 한 발 뒤로 물러섰다. 오오바야시가 한 발 앞으로 나왔다.

우리는 현관 쪽으로 몰렸다.

오오바야시가 쇠망치를 높이 쳐들었다. 더 이상 도망갈 곳이 없었다.

그 순간 이즈미가 욕실 문을 활짝 열었다. 욕실 문을 방패 삼아 쇠망치의 일격을 받아낸 다음 다시 한번 문을 힘껏 밀어젖혔다. 문짝에 정면으로 부딪힌 오오바야시의 몸이 휘청했다.

나는 한 발 앞으로 내디뎠다. 자세를 바로잡으려는 오오바야시를 온몸으로 들이받아 욕실 안으로 밀쳤다.

엄청난 소리를 내며 오오바야시가 욕실 바닥에 처박혔다.

나는 오오바야시가 일어나기를 기다렸다가 쇠망치를 집어들고 이쪽으로 돌진해 오는 놈을 향해 문을 쾅 닫았다. 그러고는 오오바야시의 몸에 맞고 다시 튕겨져 나오는 문을 있는 힘을 다해 밀었다. 벽이 흔들리고 문이 닫혔다. 그 문에 등을 대고 버티고 서서 오오바야시를 욕실 안에 가뒀다.

정신을 차리고 보니 나는 아직도 숨을 헐떡이고 있었다. 짧은 시간이지만 한계까지 밀어붙인 몸과 머리가 타들어 가는 것만 같았다.

그때 쿵 하고 어깨에 무거운 충격이 전해졌다. 오오바야시가 안에서 고래고래 소리를 지르며 문을 두드리고 있었다. 충격이 가해지면서 문이 살짝 들리는 것이 느껴졌다. 하반신에 힘을 실어 등으로 힘껏 밀었다. 이즈미도 내 옆에 나란히 서서 힘을 보탰다.

나는 문을 부수려고 마구잡이로 몸을 부딪쳐 오는 남자

를 필사적으로 막으면서 주위를 둘러보았다. 문이 열리지 않도록 저지할 것이 필요했다.

내 방에는 쓸 만한 물건이 하나도 없었다. 냉장고조차 너무 낮아서 문을 막기에는 역부족이었다. 또다시 문이 붕 떴다. 그걸 밀어 넣기 위해 이를 악물고 다리에 힘을 주었다. 땀이 비 오듯 흘러내려 눈이 따가웠다.

"이즈미, 다친 데 없어?"

"응, 괜찮아."

'어떻게 하면….'

눈으로 현관문을 쳐다보았다. 이리로는 나갈 수 없었다. 문밖에 무거운 가구들이 쌓여 있었기 때문이다.

그렇다면 베란다밖에 없었다. 베란다 난간을 타고 옆방으로 넘어가든지 밖으로 뛰어내리든지. 어느 쪽이든 도망치려면 그 길밖에 없었다. 하지만….

오오바야시는 욕실 안에서 쇠망치를 휘두르고 있는 것 같았다. 등에 전해지는 충격이 한층 더 무겁고 예리해졌다.

등으로 충격을 받아 내면서 나는 여기서 베란다까지 달려가 난간을 뛰어넘기까지 걸리는 시간을 머릿속으로 계산해 보았다. 그 몇 초 동안 오오바야시가 무엇을 할 수 있을지도.

먼저 움직이는 사람은 괜찮다. 다른 한 사람이 문을 받치고 있는 동안 도망치면 되니까.

하지만 남은 사람은?

마치 내 생각을 읽기라도 한 듯 이즈미가 말했다.

“히로시, 먼저 가.”

“무슨 소리야!”

갈 수 있을 리가 없었다. 이즈미를 놔두고.

나는 계속해서 문을 떠받치며 말했다.

“걱정 마. 2 대 1이잖아. 누군가 이 소동을 알아채고 우리를 구하러 올 때까지는 버틸 수 있을 거야.”

말은 그렇게 했지만 나는 내심 절망하고 있었다.

과연 그때까지 이 부실한 욕실 문이 버텨 줄까?

이즈미는 복잡한 표정으로 나를 쳐다보았다. 나는 억지로 미소를 지어 보였다. 이즈미도 미소를 지으려다가 문득 현관 쪽으로 고개를 돌렸다.

“히로시….”

나도 따라서 그쪽을 보았다.

“불이야.”

❖

정확히는 연기였다. 현관문 틈으로 가느다란 연기가 새

어 들어오고 있었다.
"이즈미, 너 먼저 가."
내가 말했지만 이즈미는 고개를 저었다. 그 순간 또다시 엄청난 충격이 욕실 문을 뒤흔들었다.
"히로시 네가 먼저 가야 해."
우리 둘 다 상대를 버리고 도망칠 수는 없었다.
문이 부서지는 것, 불길이 번지는 것, 누군가 우리를 구하러 오는 것.
셋 중 뭐가 제일 빠를까.
"아직 시간은 있어."
스스로에게 들려주듯 말해 보았지만 조금도 위안이 되지 않았다.
불길이 번지면 번질수록 외부의 도움을 기대하기는 어려워질 터였다. 나는 이 빌라의 입지 조건을 떠올려 보았다. 베란다 앞까지 소방차가 들어오는 건 불가능했다. 진화 작업은 난항을 겪을 것이 불 보듯 뻔했다.
그리고… 어디선가 들은 적이 있었다.
백드래프트 현상.
처음 불이 난 곳이 어딘지는 몰라도—아마 오오바야시가 사는 8호실일 것이다—불은 방 안을 휩쓴 다음 천장 위 빈 공간으로 옮겨갈 것이다. 그리고 좁은 공간에서 연소에 필요한 산소를 다 소모해 버린 후에는 불꽃은 사라지고 연기만 나면서 타들어가는 불완전 연소 상태를 유지하게 된다. 그러다가 어딘가에 구멍이 나서 산소가 유입되는 순간 폭발하듯 불길이 되살아나 공기 중의 산소를 빨아들이며 무시무시한 속도로 번져나갈 것이다.

불길이 천천히 옮아가는 일은 있을 수 없었다. 이 방까지 불이 번진다면 한순간에 불바다가 될 것이 분명했다.

그래도 나는 웃으며 이즈미를 쳐다보았다. 욕실 안에 있는 오오바야시가 등 뒤에서 문을 강하게 치는 바람에 바로 얼굴을 찡그렸지만.

"걱정 말라니까. 어떻게든 되겠지."

이즈미는 슬픈 눈을 하고 나를 올려다보았다.

"히로시, 도망쳐."

"싫어."

나는 웃으며 이즈미를 쳐다보았다. 이번에는 제대로 웃어 보이는 데 성공했다.

"이 소동이 끝나면 어디 놀러 가고 싶다."

"그래?"

"어디든 좋으니 아무튼 밝은 데로 놀러 가자."

이즈미가 어리둥절한 표정으로 나를 보았다.

"…나랑?"

"밖에 아예 못 나가는 건 아니지? 가자, 놀이공원 같이 유치한 데."

"…넓은 데가 좋겠다."

"넓은 데 좋지. 바다는 어때?"

"좋아."

이즈미는 웃었다. 그야말로 천진난만한 아이처럼.

"바람만 잘 받으면 굉장하겠다."

"뭐가?"

"보여 줄게. 최신…."

이즈미는 말을 하다 말고 입을 다물었다.

"최신 뭐?"

까만 눈동자가 나를 바라보았다. 이즈미는 묵묵히 고개를 흔들었다.

"…그보다 빨리 도망쳐야 할 텐데."

오오바야시는 계속해서 욕실 문에 몸을 부딪쳐 왔다. 그러다가 지치면 쇠망치로 문을 두들겼다.

이대로라면 문이 부서지는 게 먼저겠구나. 그렇게 생각한 순간, 한쪽 천장이 내려앉았다.

❖

예상대로였다. 천장이 비명을 지르며 내려앉은 순간, 불길이 확 치솟았다.

정말로 무슨 영화의 한 장면을 보는 것 같았다. 겹겹이 포개진 얇은 꽃잎이 일시에 만발하듯 투명한 불꽃이 온 방을 뒤덮었다. 눈 깜짝할 사이에.

그 광경을 바라보며 내가 느낀 감정은 거의 감동에 가까웠다. 불꽃은 순식간에 방바닥을 태우고 천장을 삼키고 벽을 휩쓸었다.

창문이 깨져 있어서 천만다행이었다. 불꽃은 우리를 아슬아슬하게 스치며 창문으로 빠져나갔다.

방에 가구가 거의 없는 것도 한몫했다. 방바닥과 벽을 삼킨 불꽃은 페인트를 다 태우고 나자 기세가 줄어들었다. 그래도 여전히 시간 문제라는 사실에는 변함이 없었다.

갑자기 욕실 안에서 오오바야시가 미친 듯이 웃어 대더니 마치 악기라도 연주하는 것처럼 문을 두드리기 시작했다.

날카로운 충격이 등을 때렸다.

"이대로 동반 자살하는 수밖에 없나."

나는 장난스럽게 중얼거렸다. 아직 이성을 유지하고 있다는 게 스스로도 신기했다.

이즈미가 심각한 목소리로 말했다.

"도망쳐."

나는 고개를 저었다. 이즈미를 두고 나만 먼저 도망칠 수는 없었다.

"제발."

이즈미가 애원하는 눈빛으로 나를 쳐다보며 말했다.

"나는 괜찮으니까 히로시 넌 도망쳐."

그렇게 말하면서 나를 밀었다.

"이즈미!"

말도 안 되는 소리였다. 혼자만 살겠다고 도망칠 수는 없는 노릇이었다.

이즈미를 죽게 내버려 두고 나 혼자 도망치라는 말인가. 그리고 다 잊은 척 아무렇지도 않게 살아가라는 건가. 화재를 목격할 때마다 이유를 알 수 없는 죄책감에 시달리면서?

나는 이즈미에게 바싹 다가갔다. 이즈미가 나를 밀쳤다. 동시에 욕실 문이 쾅 하고 들썩였다. 이즈미가 온몸에 힘을 주며 문을 꾹 눌렀다.

"제발 부탁이니까 가. 어차피 난 도망칠 수 없으니까."

이즈미는 굳은 표정으로 나를 응시했다.

"왜?"

"이유는 없어. 그냥 못 나가. 난 여기 붙잡혀 있거든."

'붙잡혀 있다고?'

다른 쪽 천장이 굉음을 내며 내려앉았다.

"어서 가. 히로시 너까지 못 나가게 되기 전에."

"절대 못 가!"

"난 그래도 상관없기는 해. 히로시랑 계속 여기 있어도."

이즈미는 서글픈 표정을 지었다.

"여긴 무서운 놈들밖에 없거든. 하지만 히로시 넌 죽고 싶지 않잖아."

내려앉은 천장이 땔감 역할을 해서 본격적으로 불이 다시 번지기 시작했다.

'살고 싶냐고? 그야 당연하지.'

이즈미는 나를 쳐다보았다. 굉장히 슬픈 얼굴로.

"죽는다는 건, 너무 괴롭고 무서운 일이니까."

"그건 너도 마찬가지잖아!"

나는 이즈미의 팔을 잡아끌었다.

이판사판이었다. 이렇게 된 이상 이즈미를 들쳐 업고서라도 베란다에서 뛰어내릴 생각이었다.

이즈미가 내 손을 매섭게 뿌리쳤다.

연기가 열기를 타고 방 안을 휩쓸었다. 이미 방의 절반 가까이가 불바다로 변해 있었다.

이즈미는 부엌 싱크대를 손으로 가리켰다.

"물을 뒤집어쓴 다음에 뚫고 나가."

'…이즈미?'

"못 가."

"가야 해."

같이 가자고 할 생각이었다. 이즈미 너도 같이 가자고.

— 한 번쯤 불러 보고 싶었거든.

— 이름으로 부른다는 게 부러웠어.

— 이름으로 불린 적은 없어.

나는 이즈미의 이름을 불러 주려고 했다.

'같이 가자, 사토루'라고.

그리고 입을 열었다.

"같이 가자, 오사루."

왜 그랬는지 스스로도 알 수 없었다.

사토루라고 부르려고 했는데 나도 모르게 오사루라는 말이 튀어나왔다.

이즈미가 나를 올려다보았다. 무언가 말하고 싶어 하는 표정이었다.

…이즈미. 이즈미.

입안에서 몇 번이고 되뇌었다.

나는 이 이름을 알고 있었다.

이즈미 사토루.

— 사토루. 사루. 오사루.

순간 발밑이 푹 꺼지는 것 같았다.

"…오사루?"

이즈미는 미소를 지었다. 눈을 가늘게 뜨고 나를 바라보았다.

"…설마."

그럴 리가 없다. 그럴 리가….

오사루.

그것이 이즈미의 별명이었다. 아이들이 별명을 붙이는 방법은 단순하다. '사토루'가 줄어서 '사루'가 되고, 거기에 다시 접두사 '오'가 붙어서 '오사루'가 된 것이다.

이즈미는 어둡고 음침한 아이였고, 왕따였다. 무슨 짓을 당해도 가만히 있었기 때문에 모두가 아무렇지도 않게 이즈미를 괴롭혔다.

그리고… 이즈미는 죽었다.

살해당했다.

— 나도 가도 돼?

그날 우리는 이즈미를 신사에 혼자 내버려 둔 채 돌아왔다. 그것이 이즈미를 본 마지막이었다. 그 신사 마루 밑에서 이즈미의 시체가 발견되었다. 우리가 떠난 후 거기서 살해당한 것이다.

잊고 싶었다. 그래서 잊었다.

하지만 그것은 내 마음속 깊은 곳에 화석이 되어 남아 있었다.

나는 모든 것을 기억해 냈다.

이즈미 사토루는 오사루의 본명이었다.

믿을 수가 없었다. 나는 눈앞에 있는 얼굴을 멍하니 쳐다보았다.

욕실에서 들리는 소리도, 뜨거운 열기를 뿜어내는 화염도, 순간적으로 머릿속에서 완전히 사라졌다.

이즈미는 욕실 문을 등으로 떠받친 채 나를 보고 있었다. 아이처럼 맑은 눈동자가 나를 비추고 있었다. 야위고 창백한 얼굴에 과거 신사에 버려두고 온 아이의 얼굴이 겹쳐 보였다.

이즈미는 싱긋 웃었다.

"도망쳐. 여기는 내가 막고 있을 테니까."

그렇게 말하며 내 몸을 밀었다. 힘은 거의 실려 있지 않았지만 나는 바람에 흩날리는 나뭇잎처럼 휘청거리며 두세 걸음 밀려났다.

'너…'

아무 말도 하지 못하는 내게 이즈미가 고개를 끄덕여 보였다.

"어서 가, 히로시."

"이즈미…?"

"어서."

이즈미가 한 번 더 재촉했다.

"…오사루?"

이즈미는 대답하지 않았다. 그저 말없이 미소 지을 뿐이었다.

"…대체 뭐가 어떻게 된 거야! 설명 좀 해 봐!"

흥분해서 소리치는 나를 보면서도 이즈미는 미소를 거두지 않았다.

"…비행기."

"뭐?"

이즈미가 웃었다.

"비행기… 찾아서 돌려줬잖아. 그때… 정말 기뻤어."

'비행기…? 그건…'

"어서 가. 이제 정말 시간이 없으니까."

나는 지금 이 상황을 도저히 이해할 수가 없었다. 그래서 소리쳤다.

"너도 같이 가야지! 여기서 이대로 죽을 셈이야?"

이즈미가 미소를 지었다.

"난… 더는 죽지 않아."

이즈미는 새하얀 손을 들어 다시 한 번 내게 가라고 손짓했다. 나는 더 고집부리지 않고 돌아섰다.

불길을 뚫고 무작정 달려 나갔다.

'너…'

유리 파편을 밟으며 베란다로 나가 아래를 내려다보았다.

'진짜…'

단숨에 뛰어내릴 용기는 나지 않았다. 난간에 발을 걸쳤다.

'오사루야…?'

난간에 걸터앉은 상태로 이즈미를 돌아보았다.

방 안은 이미 불바다였다. 이즈미는 불꽃에 휩싸여 있었다. 투명한 불꽃, 일렁이는 열기, 그 속에서 이즈미의 모습이 일그러져 보였다.

이즈미가 가라고 손짓했다.

이즈미는 불 속에서… 아무렇지도 않았다. 표정에서도 자세에서도 생명을 위협받고 있다는 다급함은 전혀 느껴지지 않았다. 불꽃은 이즈미에게 아무런 영향을 미치지 못했다.

"이즈미!"

내 목소리는 열기에 가로막혀 공중에 흩어졌다.

— 난… 더는

이즈미가 불 속에서 미소를 지었다. 내게 어서 가라고 손짓했다.

— 죽지 않아.

난간을 완전히 넘어간 다음 마지막으로 한 번 더 뒤를 돌아보았다.

불 속에 작은 그림자가 보였다. 빼빼 마른 어린아이의 그림자. 표정은 보이지 않았지만 그림자가 앙상한 팔을 슥 들어올렸다.

작별 인사였다.

나는 난간을 붙잡고 있던 손을 놓았다.

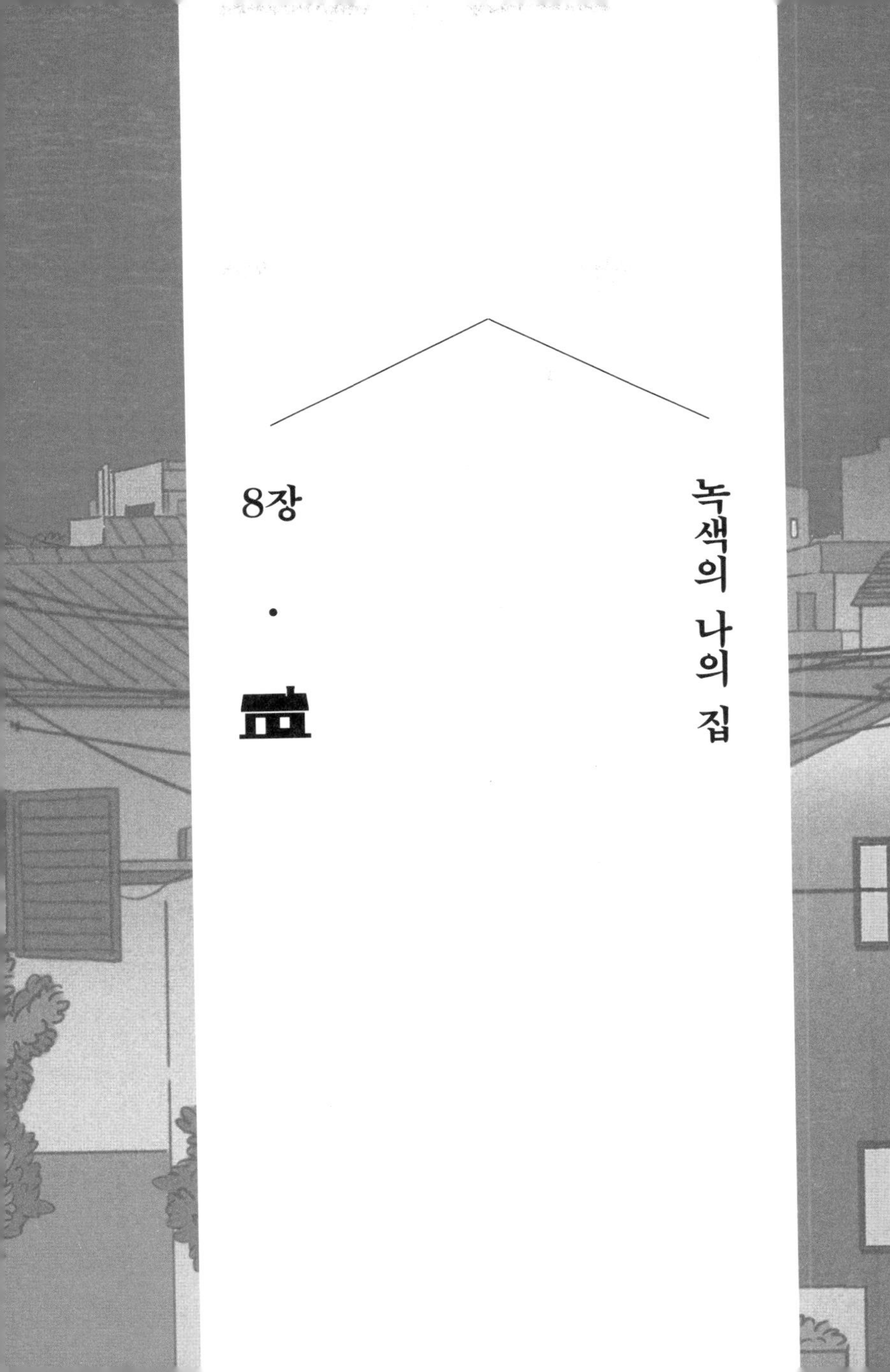

8장 · 녹색의 나의 집

8장

•

녹색의 나의 집

나는 난착륙에 성공했다. 베란다 앞이 잔디밭이어서 그나마 다행이었다. 그래도 추락해서 데굴데굴 구르는 바람에 온몸이 욱신거렸다. 겨우 정신을 차리고 고개를 들어 위를 올려다보았을 때는 이미 내 방 베란다에서 밤하늘을 향해 거대한 불길이 치솟고 있었다.

화상으로 인해 따끔거리는 피부의 통증을 꾹 참고 아픈 다리를 질질 끌며 빌라를 벗어났다. 그대로 골목 어귀까지 걸어가서 하이츠 그린 홈의 하얀 벽과 녹색 문이 불타는 모습을 지켜보았다.

건물 전체가 불길을 뿜어내고 있었다. 검은 연기가 흰 벽을 더럽혔다.

얼굴의 솜털이 타들어 가는 것이 느껴질 정도로 열기가 뜨거웠지만 나는 그 자리에서 한 발짝도 움직이지 않았다. 골목 입구에 우뚝 선 채 불타오르는 건물을 묵묵히 바라보았다.

"너도 많이 놀랐겠구나."

누군가 내게 말했다. 나는 깜짝 놀라 소리가 난 쪽으로 고개를 돌렸다.

불길 때문에 얼굴이 벌겋게 달아오른 장신의 남자가 나를 쳐다보고 있었다. 옆에는 남자와 비슷한 나이대로 보이는 여자가 아이를 안고 빌라 쪽을 멍하니 응시하고 있었다.

"귀중품은 챙겨 나왔니?"

남자의 물음에 나는 고개를 저었다.

아무것도 가지고 나오지 못했다. 아무도 데리고 나오지 못했다. 나 혼자 도망치기에 급급해서.

하다못해 이름이라도 제대로 불러 줄 수 있었더라면.

"그렇구나…."

남자는 쓴웃음을 지으며 한손으로 옆에 있는 여자의 등을 토닥였다. 여자는 잠자코 고개만 끄덕였다.

"카가와 씨!"

누군가 소리쳤다. 고개를 돌리자 구경하는 사람들 틈을 뚫고 관리인 아저씨가 이쪽으로 오고 있었다.

아저씨는 굉장히 걱정스러운 표정을 하고 있었다. 지금까지와는 인상이 전혀 달랐다.

"무사하셨군요. 다행입니다. 아내분과 아이는…."

아저씨는 말하는 도중에 남자 옆에 있는 여자를 발견하고 안도의 한숨을 내쉬었다.

"다들 아무 일도 없어서 천만다행입니다."

그러고는 내 쪽을 보며 말했다.

"너도. 무사해서 다행이다."

나는 고개를 끄덕이며 내심 놀랐다. 관리인 아저씨는 남자를 카가와 씨라고 불렀다. 카가와라면 7호실에 사는?

나는 옆에 있는 남자의 얼굴을 한 번 더 살펴보았다. 자세히 보니 내가 아는 7호실 부부의 인상이 약간 남아 있는 것 같기도 했다.

'그렇지만….'

너무 달랐다. 전에 봤을 때는 훨씬 더…. 내가 본 카가와 씨는 저승사자처럼 어둡고 음침한 분위기를 풍기고 있었다. 지금 내 눈앞에 있는 남자는 똑같이 마르긴 했지만 훨씬 더 부드럽고 친근한 인상이었다.

관리인 아저씨가 내 어깨에 손을 올리며 물었다.

"다친 데는 없니?"

"네, 괜찮아요."

내가 대답했다. 관리인 아저씨는 카가와 씨의 인상이 달라진 것을 왜 이상하게 여기지 않는지 그게 더 신기했다.

내 상태가 이상해 보였는지 아저씨는 내 얼굴을 자세히 들여다보며 다시 한번 괜찮냐고 물었다. 아저씨도 전보다 인상이 많이 부드러워진 것 같았다.

"정말 아무렇지도 않아요. …아, 그러고 보니 아줌마는요? 괜찮으세요?"

내가 묻자 관리인 아저씨와 카가와 씨가 동시에 고개를 갸웃거리며 나를 쳐다보았다.

"누구?"

"관리인 아줌마요…."

두 사람은 어리둥절한 표정으로 서로 시선을 교환했다.

"관리인 아줌마라니?"

뭔가 잘못되었다는 느낌이 들었다.

"아저씨 부인이요…."

내 말을 들은 관리인 아저씨의 표정이 급격히 어두워졌다.

"내 아내라면 이미 오래전에 죽었는데? 너 정말 괜찮은 거니?"

나도 모르게 다리에 힘이 풀렸다.

"…하지만, 전에 관리인실에서…."

나는 분명 아줌마를 만나 이야기를 나누었다. 빌라 옆

공터에서 잡초 뽑는 모습을 본 적도 있었다.

'…그런데 죽었다고?'

관리인 아저씨는 내 어깨를 잡고 말했다.

"아내는 벌써 10년도 더 전에 죽었단다. 그런데 관리인실에서 누구를 봤다고?"

그제야 나는 깨달았다.

그 아줌마는 관리인 아저씨 부인이 아니었다는 것을.

골목에서 낙서를 하던 남자아이나 6호실 주인처럼 아예 처음부터 존재하지 않는 사람이었다는 사실을.

불에 탄 건물 9호실 베란다에서 오오바야시의 시체가 발견되었다. 오오바야시의 방 욕조에서는 토막 난 여자 시체가 발견되었다.

나를 비롯한 하이츠 그린 홈 주민들은 몇 차례에 걸쳐 경찰 조사를 받아야 했다. 특히 나는 오오바야시와 관련해 집중적으로 질문을 받았다.

나는 지금까지 있었던 일을 설명했다.

매일같이 반복해서 걸려 온 장난 전화. 화재 전날, 전화로는 지금 가겠다고 했지만 실제로는 오지 않았던 오오바야시(본인은 몇 번이나 내 방에 왔었다고 했지만 나는 초인종 소리를 듣지 못했다). 화재 당일, 오오바야시가 나를 자기 방으로 데려가서 시체를 보여 준 다음 갑자기 공격해 와서 죽을 고비를 넘기고 간신히 도망친 일.

내게 질문하던 형사는 거기까지 듣더니 고개를 끄덕였다.

"흠, 그놈은 아마 이제 다 끝났다고 생각하고 방에 불을 지른 것 같구나."

나는 설명을 이어나갔다. 내 방으로 도망치자 오오바야시가 쫓아왔다고. 그래서 내 방 욕실에 녀석을 가두고 나는 베란다에서 뛰어내려 목숨을 건졌다고.

"그랬구나. 너는 운이 좋아 불이 더 번지기 전에 도망쳤지만 그놈은 미처 빠져나오지 못하고 죽은 거겠지."

나는 아니라고 대답하고 싶었다.

그런 게 아니에요. 혼자였다면 저도 도망치지 못했을 거예요. 이즈미 덕분이에요. 이즈미가 저를 도망칠 수 있게 도와줬어요.

하지만 말하지 못했다. 정신이 이상한 아이라고 오해받을까 봐 그런 것은 아니었다. 나는 이즈미에 대해 아무에게도 말하고 싶지 않았다. 그냥 그러기 싫었다.

그래서 아무 말도 하지 않고 고개만 끄덕였다.

그 후에 일이 어떻게 되었는지는 모른다.

살해당한 여자가 누구이고 오오바야시와는 어떤 관계였는지 나는 여전히 알지 못했다. 나는 신문을 보지 않았다. 거기 적힌 내용 중 반 이상은 사실이 아니라는 것을 알고 있었기 때문이다. 적어도 나를 도와준 사람이 있다는 사실은 적혀 있지 않을 것이 분명했다. 그렇다면 나머지는 아무래도 상관없었다.

하이츠 그린 홈 주민들과는 보상 문제를 논의하는 자리에서 몇 번 만날 일이 있었다.

어떤 알 수 없는 힘이 작용한 결과인지는 모르겠지만 관리인 노자키 아저씨는 온화하고 친절했으며, 7호실 카가와 씨는 예의 바르고 싹싹한 사람이었다.

모두가 빌라에서 봤을 때와는 완전히 다른 사람 같았다. 다들 어두운 그림자를 벗어 던지고, 굉장히 닮았지만 전혀 다른 사람으로 다시 태어난 것 같았다. 실제로는 그들이 변한 것이 아니라 어떤 힘에 의해 흐려졌던 내 눈이 다시 정상으로 돌아왔기 때문이라는 건 쉽게 짐작이 갔다.

새로 살 집을 구해 이사를 마치고 주변이 어느 정도 정리된 어느 날, 나는 오래전 기억을 떠올리며 동네를 돌아보았다.

한나절을 돌아다닌 끝에 겨우 기억 속에 어렴풋이 남아 있는 집을 발견했다. 내 기억 속의 집보다 훨씬 더 낡고 작아진 듯한 인상을 받았다. 물론 집이 작아진 것이 아니라 내가 큰 것이겠지만.

문패에는 '카네코'라고 적혀 있었다. 우편함에 적힌 이름도 확인해 보았다. 틀림없었다. 이곳은 카네의 집이었다.

학교에서 친구들에게 물어봤으면 쉽게 찾아올 수 있었을 것이다. 하지만 나는 왠지 그러고 싶지 않았다.

초인종을 누르자 카네코의 어머니가 나왔다.

"카네코 지금 집에 있나요?"

내가 묻자 아줌마는 2층을 향해 아들 이름을 불렀다. 2층에서 대답하는 소리가 들리더니 이어서 쿵쿵거리며 계단을 내려오는 발소리가 들렸다.

카네코는 나를 보고 꽤나 놀란 눈치였다.

나는 카네코와 뜨문뜨문 이야기를 나누며 초등학교 때 통학로였던 길을 걸었다. 화재 때문에 힘들었겠다는 말만 반복하는 카네코의 말투는 무거웠고, 나와 함께 있는 것을

불편해하는 게 느껴졌다.

어린 시절 자주 놀던 하천 둔치에 나란히 앉았다.

그때는 그냥 풀밭이었지만 지금은 잘 정비된 공원이 들어서 있었다. 나와 카네코가 앉은 벤치 앞에서 근처에 사는 아이들이 놀고 있었다.

"카네코, 너 오사루 기억해?"

내가 말을 꺼내자 아이들을 보고 있던 카네코가 의아하다는 듯 나를 돌아보았다.

"오사루?"

"왜, 한 명 있었잖아. 이즈미 사토루라고. 죽은 아이."

카네코는 자못 떫은 표정을 지었다. 기억하고 있는 것이 분명했다. 쓴 약이라도 삼킨 것처럼 표정을 잔뜩 찌푸린 채 한참 뜸을 들이더니 천천히 고개를 끄덕였다.

"응."

"얼마 전까지 내가 살던 하이츠 그린 홈은 이즈미네 집이 있던 위치에 세워진 건물이지?"

카네코는 고개를 끄덕였다. 그러고는 후 하고 한숨을 내쉬며 말했다.

"나… 누구랑 이즈미 얘기 하는 거 처음이야."

"나도."

카네코는 내 얼굴을 뚫어지게 쳐다보았다.

"오늘 이즈미 얘기 하러 온 거야?"

"음, 그냥… 제대로 보내 주지 못한 것 같아서."

장례식에는 반 아이들 모두가 참석했었지만.

"나도 그래."

카네코는 그렇게 말하며 자기 머리를 마구 헝클어뜨렸다.

"나, 말하지 못했어. 아무한테도. 이즈미가 죽은 날 같이 있었다고. 혼날까 봐 무서워서 말하지 못했어."

나 역시 초등학교 때 같은 반 친구가 죽었다는 이야기는 지금까지 아무한테도 하지 않았다.

"그날 같이 있었던 녀석들과는 왠지 껄끄러워져서 자연스럽게 거리가 멀어졌고, 사정을 모르는 애들한테는 말할 수 없어서 계속 입 다물고 있었어."

"응."

"그 빌라에서 아무 일도 없었어?"

갑자기 허를 찔린 기분이었다. 카네코는 내 반응은 신경 쓰지 않고 말을 이어나갔다.

"아무 일도 없었다면 다행이지만 거기서 귀신이 나온다는 소문이 돌았거든. 그 빌라도 그렇고 그전에 있던 빌라도 그걸로 유명했어. 어린 남자애 귀신이 나온다고. 그런 소문이 나니까 더 말을 못 하겠더라."

그러고는 또 머리를 헝클어뜨렸다.

“그 자리에 지어지는 건물에서는 계속 뭔가 안 좋은 일이 생겨서 그때마다 화제가 됐거든. 터가 안 좋다느니 어린애 귀신이 나타났다느니 하는 말을 들으면 이즈미의 원혼이 아직도 이승을 떠돌고 있는 것 같아서 무서워서 말을 못 꺼내겠더라고.”

“무섭다니… 이즈미가?”

“아니. 정확히 뭐가 무서운 건지는 나도 잘 모르겠는데 아무튼 무서웠어.”

나는 카네코를 가만히 바라보았다.

“나 자신이 무서웠던 걸까? 모르겠다. 아무튼 이즈미를 무서워한 건 아니야. 이즈미는 무섭지 않아. 그 녀석은 나를 원망하고 있을지도 모르겠지만. 나를 저주하지 않을까 생각해 본 적도 있어. 하지만 뭔가….”

내가 카네코의 말을 끊고 말했다. “이즈미는 남을 저주하거나 하지 않아.”

카네코가 고개를 들어 나를 쳐다보았다.

“히로시 너도 그렇게 생각해?”

“…응.”

“이즈미는 모두에게 괴롭힘을 당하면서도 한 번도 반격하지 않았잖아. 상대를 원망스러운 눈빛으로 노려본 적조차 없었지. …그런 녀석이었어.”

— 복수하면 뭐가 좋은데?

"맞아."

내 말을 듣고 카네코는 어깨의 짐을 내려놓은 것처럼 깊은 한숨을 내쉬며 말했다.

"우리가 이즈미를 죽인 거야…."

"응."

"나는 그 사실을 인정하기가 두려웠던 것 같아."

"응…."

나는 잊고 싶었다. 너무 무서워서 도저히 잊지 않고는 견딜 수가 없었다. 그래서 잊었다.

나는 말했다. "나…, 이즈미 만났어."

"언제?"

카네코가 내 쪽으로 몸을 내밀며 물었다.

지금이라면 말할 수 있을 것 같았다. 상대가 믿어 주더라도, 믿어 주지 않더라도.

"얼마 전에, 하이츠 그린 홈에서."

카네코의 눈이 휘둥그레졌다.

"…어땠어?"

"나… 이즈미를 못 알아봤어. 잊고 싶었으니까. 그래서… 이름을 듣고도 기억해 내지 못했어."

그렇게 나는 긴 이야기를 시작했다. 누군가에게 말하고

싶었다. 이즈미를 알고 있는 누군가와 이즈미에 대해 이야기하고 싶었다.

❖

"이즈미가 날 구해 줬어. 예전에 애들이 빼앗아 간 비행기를 내가 되찾아 줘서 고마웠다면서…."

나는 그렇게 이야기를 마쳤다.

카네코는 잠자코 내 이야기를 듣고 있었다. 내 말을 믿지 않는 것 같지는 않았다. 그렇다고 해서 무서워하는 것 같지도 않았다.

나는 안심했다. 내가 제정신이 아니라고 생각하는 건 상관없었다. 하지만 이즈미의 존재를 두려워하는 것만은 참을 수 없었다.

나는 카네코가 말하기를 기다렸다. 하지만 카네코는 아무 말도 하지 않았다.

그래서 내가 말했다.

"이해가 안 돼. 어떻게 그럴 수가 있지?"

내 안에 쌓여 있던 말들이 흘러넘쳐 멈출 수가 없었다.

"그 녀석이 죽은 건 나 때문이야."

— 그렇지 않아. 히로시랑은 상관없어.

"우리가 혼자 내버려 두고 와서 그렇게 된 거잖아."

— 사람한테는 수명이라는 게 있어.

"그 녀석, 아직 거기 있어. 주위에는 온통 무서운 놈들밖에 없다고 그러더라. 내가 함께 있으면 좋겠다고 했어. 그럼 날 데려갔으면 되잖아. 아무것도 하지 않고 그냥 내가 죽기를 기다렸다가 죽은 후에 같이 놀면 됐을 텐데…!"

카네코는 아무 말도 하지 않고 나를 가만히 쳐다보았다.

"그런데 고작 비행기 하나 찾아 줬다고!"

내 목소리가 너무 공허해서 미칠 것만 같았다. 함께 있어 주고 싶었다. 하지만 나는 결코 그러지 못했으리라는 것도 잘 알고 있었다.

카네코가 무릎 위에 턱을 대고 말했다.

"…그러고 보니 히로시 넌 몰랐겠구나."

"뭘?"

"이즈미를 죽인 범인, 잡혔어. 너 전학 가고 얼마 안 지나서."

"정말? 범인이 누구였는데?"

카네코는 흐르는 강물을 내다보며 나직이 중얼거렸다.

"이즈미의… 부모님."

귀가 쨍하고 울렸다.

"뭐…라고?"

카네코가 한숨과 함께 내뱉었다.

"이즈미, 늘 멍투성이였잖아."

"응…."

"그게 다 부모님한테 맞은 거였대."

"왜…."

"나도 잘은 모르겠지만 왜, TV에 가끔 나오잖아. 공익광고협회 같은 데서 만든 광고. 아동학대에 관한…."

마음 한구석에 줄곧 남아 있던 의문. 이즈미는 왜 그곳에 갇혀 있었던 걸까. 시체가 발견된 장소는 신사였는데. 그런데 왜 죽은 후에 남겨진 곳은 신사가 아니라 집이었을까.

— 부모님한테도 이름으로 불린 적은 없어.

— 보통 '야'라든지 '이 새끼', '이 자식' 이런 식으로 불렀으니까.

— 두 분 다 날 싫어했거든.

— 기분 나쁘다고.

카네코는 고개를 숙인 채 낮은 목소리로 읊조리듯 말했다.

"히로시 네가 생각하기에는 고작 그 정도 일이었을지 몰라도 이즈미 입장에서는 정말 기뻤을 거야…."

어떤 사정이 있었는지는 모르겠다.

그것이 집터와 관계가 있는지 없는지도.

아무튼 이즈미의 부모님은 이즈미를 끔찍하게 싫어했다.

그날… 문제의 그날. 우리에게 외면당하고 집으로 돌아간 이즈미는 아버지한테 심하게 맞았다. 이즈미는 그때 겨우 초등학교 3학년이었지만 집안일과 잔심부름 등 집에서 해야만 하는 일이 아주 많았다. 그런데 그날은 저녁 식사 준비에 늦었고, 게다가 온몸이 흙투성이였다. 집으로 돌아온 이즈미를 본 아버지는 불같이 화를 내며 할 일을 잔뜩 안겨 주었다. 이즈미는 그것들을 제대로 처리하지 못했다.

다리를 저는 척하며 게으름을 피우려고 하길래 버르장머리를 고쳐 줄 생각이었다. 이즈미의 아버지는 이렇게 말했다고 한다. 하지만 이즈미는 아마 정말로 다리를 다친 상태였을 것이다. 신사에서 우리가 떠밀어서.

이즈미의 아버지는 늘 그랬듯 이즈미에게 주먹질을 해댔고, 이즈미의 어머니 역시 언제나처럼 그 모습을 웃으며 바라볼 뿐이었다.

평소와 달랐던 점은 딱 하나, 이즈미가 죽어 버렸다는 것이다.

아버지는 이즈미를 때리고 발로 찼다. 목을 꽉 움켜쥔 채 마구 흔들며 '버르장머리를 고쳐 준' 다음 손을 놓았을 때, 이즈미는 이미 죽어 있었다.

적어도 이즈미의 아버지가 경찰에 진술한 바에 따르면 그랬다.

두 사람은 놀라고 당황해서 한밤중에 이즈미의 시체를 신사로 가져가서 버렸다. 그러고는 의심받을 것이 두려워 아들이 유괴당했다고 경찰에 신고했다.

이것이 그날 있었던 일의 전부다.

❖

이즈미는 학교에서 늘 혼자였다.

그리고 집에서도 혼자였다.

이즈미에게는 아무도 없었다.

모두가 합세해서 이즈미를 죽였다.

— 외로워. 집에 돌아가고 싶어. 돌아갈 곳이 없어. 기다려 주는 사람이 없어.

그건 이즈미 본인의 심정이 아니었을까.

— 그런 사람이 죽으면 여기서 벗어날 수 없게 돼.

언젠가 고토에게 들었던 귀신이 나온다는 소문. 아이의 비명. 도망 다니는 남자아이.

그건 이즈미였을 것이다.

— 여긴 무서운 놈들밖에 없거든.

지금도 거기 있는 걸까.

— 괴롭고 쓸쓸해서.

괴로워하고 쓸쓸해하면서.

— 귀신은 거짓말쟁이야.

맞는 말이다. 이즈미는 거짓말쟁이였다. 그런 모습으로 나타나서. 겉으로는 어른인 척했지만 속은 하나도 안 자랐으면서. 죽었을 때 그대로 여전히 어린아이였으면서.

카네코가 하늘을 올려다보았다.

파란 하늘에 흰색 물감을 풀어놓은 듯한 새털구름이 깔려 있었다.

"이즈미랑 같이 비행기 날려 보고 싶었는데…."

카네코가 말했다. 나도 따라서 고개를 들어 하늘을 쳐다보았다.

카네코는 희미하게 웃으며 말했다.

"그 녀석, 모형 비행기 엄청 잘 만들었잖아. 그거 나도 한 번쯤 날려 보고 싶었거든."

나는 고개를 끄덕였다.

"나도 그랬어. 그냥 물어볼걸. 이즈미라면 흔쾌히 빌려줬을 텐데."

"그러게."

이즈미라면 얼마든지 빌려줬을 거다. 망설이지 말고 그냥 물어봤더라면 좋았을 텐데. 그랬으면 우리들의 인생은 완전히 달라졌을 텐데.

카네코와 나는 나란히 앉아 멍하니 하늘을 바라보았다.

눈이 시릴 정도로 높고 푸른 하늘을 보고 있으려니 왠지 눈물이 날 것 같았다.

카네코가 길게 한숨을 내뱉었다.

"이즈미… 보고 싶다."

주먹을 꽉 쥐며 말했다.

"만나면 하고 싶은 말이 아주 많은데…."

그러고는 하늘을 쳐다보며 울었다.

나도 함께 하늘을 올려다보았다.

그로부터 한 달쯤 지나 불에 탄 하이츠 그린 홈은 철거되었다.

그 자리에는 하얗고 깨끗한 새 아파트가 들어섰다.

하지만 반년쯤 지났을 때부터 사람들이 하나둘 이사를 나가는가 싶더니 1년도 안 되어 또다시 아무도 살지 않는 폐가가 되었다.

그곳은 내가 대학에 들어가 그 동네를 떠날 때까지 그대로 방치된 채 버려져 있었다.

그 후의 소식을, 나는 모른다.

옮긴이 남소현

연세대학교와 이화여자대학교 통역번역대학원에서 공부하였고, 일본 문학 번역가로 활동하고 있다. 번역작으로 《형사의 약속》, 《여섯 명의 거짓말쟁이 대학생》, 《설원》, 《기묘한 괴담 하우스》, 《그래도 해야지 어떡해》, 《형사 변호인》 등이 있다.

초판 2023년 9월 11일 1쇄
저자 오노 후유미
옮긴이 남소현
ISBN 979-11-983859-7-0 03830

출판사 도서출판 북플라자
주소 서울시 강남구 논현동 118-13 5층
홈페이지 www.bookplaza.co.kr

영화 판권, 오탈자 제보 등 기타 문의사항은 book.plaza@hanmail.net으로 보내주세요. 잘못된 책은 구입하신 서점에서 교환해 드립니다.